鴨長明

日本人のこころの言葉

三木紀人　著

創元社

はじめに

平成二十三年（二〇一一）三月十一日の東日本大震災に始まる危機的状況の中で、問題解決の指針として多分野の知恵が求められています。鴨長明《かものちょうめい》の『方丈記《ほうじょうき》』はその需要に応えるものの一つと考えられており、出版や報道などの世界でこれについて取り上げるものが目立っています。わが国の古典文学としては特に際立った扱いです。「自然災害」というキーワードにそって物事を考えようとするとき、『方丈記』が圧倒的な意義を持っており、八百年という遥かなる時間を超えて迫ってくるからでしょう。

しかし、そのことはこれまで、必ずしも注意されていませんでした。『方丈記』は冒頭の「ゆく河の流れは絶えずして……」の名文によって有名で、教材になることも多いため、著者長明《ちょうめい》は世の無常を説いた人として中学生高校生の基礎知識にさえなっているものの、それ以上を知る人はごく少数ではなかったかと思います。特に、作中の五つの災害記事は、ほとんど教材になってこなかったことも手伝ってか、見過ごされがちだったと言わなくてはなりません。

災害記事の簡潔な描写が、いかに正確で、災害による緊急事態に備えるための啓示を含んでいるか、それを知るには、読者の側にそれ相応の体験や情報、また、それによる深い意識が必要かもしれません。

最近『方丈記』とともに注目を集めている『方丈記私記』はその裏付けになるでしょう。作者堀田善衛《ほったよしえ》氏は太平洋戦争末期の東京大空襲の現場で生死の境にあって、したたかに『方丈記』を思い出しました。また、それに先立つ関東大震災の後、この被災体験から何を学ぶかという問題について実に多くの論が発表されましたが、もっとも多く引用されたのは『方丈記』だったようです。

現在もこれと似た状況が展開しており、それはそれで結構なことと思いますが、長明が災害や無常などに警鐘を鳴らした人として一面的にのみ評価されるのは、彼について関心を持ち続けてきた者としては、やや残念です。長明は、『方丈記』で災害記事の後、都を懐かしみつつ、そこを遠く離れた山中の草庵で生きがいを見出した喜びを述べ、歌論『無名抄《むみょうしょう》』では、歌人としての体験と見識を語り、仏教説話集『発心集《ほっしんしゅう》』では、鋭い人間観察と道心を交錯させつつ、「心」のあり方について読者を刺激し続けます。それらにも目を向けなければならないでしょう。

本書は、このような判断によって書いたものです。

下鴨神社《しもがもじんじゃ》の総禰宜《そうねぎ》（神職として最高の地位）の子として生まれ、山中の草庵の主人として死ぬ長明が、神職、歌人、琵琶《びわ》の名手、遁世者《とんせいしゃ》などさまざまな顔を持ち、運命の転変に翻弄されて生きていった中で、文字に残した思いの深さを、代表的な名言を通して読み取っていただきたいと思います。

彼はその人生の中で、特定・不特定を問わず、他人に何かを説き聞かせる試みをしたり、しきりに議論を試みたりする人であったかどうか、わかりません。しかし、他人の言葉に耳を傾け、それを長く忘れない人ではあったようで、歌人俊恵法師《しゅんえほうし》、音楽の名手中原有安《なかはらのありやす》など、師として仰いだ人はおりましたが、弟子に当たる人もおらず、友情をはぐくんだ同世代の相手がいた形跡もありません。長明はもっぱら、ひとり静かに山里の草庵に住み、内なる思いを文字に残すことに専念した人だったと思われます。彼とよく比較される西行《さいぎょう》や兼好《けんこう》が多彩な交流をしてかなり社交的一面をもっていたらしいのと、とても対照的です。この『日本人のこころの言葉』に選ばれた歴史的人物たちの多くが、人々に向かって説き聞かせ、教え諭してきたのに対して、長明は内向きの例外的存在ですが、彼の文章から聞こえてくる声はなかなか説得力があり、また、深い情感がこもっていて、読者をひきこむ力があるのではないでしょうか。

本書の基本的な方針としては、長明の和歌、『伊勢記《いせき》』『方丈記』『無名抄』『発心集』、そして、同時代および後世の第三者による著述に引用されたものも含めて長明の言葉を取り上げますが、各作品をひとまず解体、言葉を抽出してテーマ別にしたものを並べ、口語訳を施した上で、その言葉の内容と背景について解説していきます。その範囲に書き込めないことについては、各章に「キーワード」というかたちで立項して別の角度から述べておきます。

たまたま、今年は『方丈記』の成立から満八百年の年に当たります。作品の巻末に「時に建暦《けんりゃく》の二年《ふたとせ》、弥生《やよい》（三月）のつごもり頃、桑門《そうもん》（出家者）の蓮胤《れんいん》（長明の法名）外《と》山《やま》の庵《いおり》にして、これをしるす」とあり、そこに明示された年時がこの四月に当たるので、それにちなんだ企画も昨年来多かったのですが、それらを振り返りつつ本書をまとめるのは、なかなか感慨深いものがあります。これを機会に長明の世界に関心を持ってくださる方が一人でも多くなれば幸いです。

平成二十四年七月

三木　紀人

日本人のこころの言葉

鴨長明

目次

言葉編

Ⅰ　自然へのまなざし

生涯編

装　丁　上野かおる
編集協力　株式会社唐草書房

言葉編

＊原文は、『方丈記・発心集』（新潮日本古典集成）、『方丈記』（全対訳日本古典新書）所収「関係資料抄」、『鴨長明全集』などから引用、読みやすくするため、原則として新字体、現代かなづかいに改めました。また、ふりがなや句読点を付け、現在一般につかわれていない漢字はひらがなにするなどの調整をしました。

I
自然へのまなざし

❶ 川の流れに無常を感じる

ゆく河《かわ》の流れは絶《た》えずして、しかも、もとの水にあらず。

（『方丈記《ほうじょうき》』）

【現代語訳】 ゆく河の流れは絶えることがないが、流れる水は常に異なっています。

あまりにも有名な『方丈記』冒頭の文章です。時間を川の流れにたとえ、次に、その中に発生してしばらくすると消えてしまう「うたかた（泡）」に触れて、人もすみかもそれと同じだと説き進めていきます。

川は一方から一方に向かってたえず同じように流れ、留まることがありません。厳密にいえば必ずしもそうではないのですが、少なくとも、川に見入る人の目には、そんな感じに映ります。

一方、人が常に意識させられる時の流れは、目で確認できませんが、川のようなものと考えれば、かなりわかりやすくなります。その事実に気づいた人の文章は古今東西に限りなく残っています。

それらのうち、『方丈記』の源泉ではないかとして、仏典や漢籍、わが国の先行作品がいろいろ挙げられてきました。しかし、日本人にとっては、川に事寄せて歳月や無常に触れた代表的人物といえば、まず長明《ちょうめい》を思い出す人が多いでしょう。それは彼の表現が人の心を打ち、川へのきわだった痛切さが感じられるためではないでしょうか。

それを考える上で、長明の育った環境に川が流れていたことに注目したいと思います。具体的には下鴨社《しもがもしゃ》の聖域のことです。ここは、北山から流れてくる賀茂川《かもがわ》と大原《おおはら》からの高野川《たかのがわ》が合流する三角州に位置します。糺《ただす》の森《もり》と呼ばれる奥深く広大な森林に神が祭られ、参道に沿う二筋の清流がこの聖地を印象深いものにしています。

長明はその神を祭る人々を率い、従える責任者の子として生まれました。その父は早世して職務を全うできなかったので、長明はそれを意識し、父の地位と職務を継ごうとしましたが、果たせず、無念の思いを抱えて生きていったようです。そのあたりの事情がこの冒頭の文章に力と陰翳を与えているのでしょう。

長明は、当時の人々が川を指す場合、単に「川・河」というか、でなければ「行《ゆ》く水」を用いていたのに対し、あえて「ゆく河」と流動感を強調して歳月の流れの迅速さを強調したかったのだと思います。この語は『万葉集』に二例ありますが、きわめて珍しい表現でした。ことさらに「ゆく」を加えているのは、数々の悲運に押し流されて、むなしく老境に達した彼の嘆きに裏打ちされた、インパクトの強い作品の始まり方です。

彼は死期の近い立場でなぜ川の流れに触れることから書き始めたのか。その動機に

どん

なる

中

もに衰弱した彼は、懐かしい故郷山口に身を置こうと望みましたが、果たせず、万感の思いを込めてこの詩を作りました。実家から列車で一時間ほどの、しばしば赴いた川辺での体験を思い起こした最晩年の佳作です。

彼は『方丈記』によって心の安定を試みたと、かつて友人への手紙に書いたことがありますので、「ゆく河の」の一節はこの詩の源泉になっていると思われます。

中也は詩を作った翌年に三十一歳の若さで死にますが、対照的に、長明は六十二歳の高齢まで生き、「ゆく河の」と起筆して以後、表現者としてかつてないほどの活気を呼び覚まされたのか、『方丈記』のみならず、より長編の『発心集《ほっしんしゅう》』を書くことになります。

❷ 災害の強烈な情景を目にして

遠き家は煙にむせび、近きあたりは、ひたすら炎を地に吹きつけたり。

【現代語訳】 火から遠い家は、煙にむせんでいるようであり、近いあたりの火は、炎を地に向かって吹きかけているように見えました。

(『方丈記』)

先に引用した中原中也の詩にあったように、ただならない思いで見るとき、自然は「恰《あたか》も魂あるものの如《ごと》く」目に映るものでしょう。

安元《あんげん》の大火（一一七七年）と呼ばれる災害の現場にいた長明は、強烈な情景からそれを感じたようです。

前半に描かれた家は、やや火から離れた所にある家なので、延焼には至っていないものの、高熱によってまず煙がくすぶり始めました。そのようすについて、呼吸に支障をきたした生き物のように、むせんでいるというのです。

また、すでに火勢の強くなってしまった所は、上に向かって吹き上げていた炎が、火災現場特有の気流の変化によって上から下に向かっており、その旋風のすさまじさを、意志にもとづく行為のように、「吹きつけたり」と言っています。防災科学の提供してくれる情報によると、現場の風速が増すに従って火は徐々に垂直から地面に対して平行に近付いていき、ついには上から下に向かうようになるそうです。

それを火事の現場で観察し、生涯忘れず、しかも、それを書かなくてはいられなかった長明の個性を、このさりげない短文から読み取っておきたいと思います。

❸ 地震がもっとも恐ろしい

羽《はね》なければ、空をも飛ぶべからず。龍《りゅう》ならばや、雲にも乗らん。恐れの中に恐るべかりけるは、ただ、地震なりけりとこそ覚《おぼ》え侍《はべ》りしか。

【現代語訳】 羽を持たない身では空を飛べません。龍ならば、雲の上に乗ることもできるでしょうが。恐ろしいことの中でもっとも恐ろしいのは、ほかでもない、地震であったと、つくづく思ったことです。

（『方丈記』）

元暦《げんりゃく》の大地震（一一八五年）に遭遇したときの感想です。安元《あんげん》の大火（一一七七年）から続いた長明二十代から三十代にかけての災害で、もっとも恐ろしかったのがこれであったと言っています。他の災害なら避難・脱出によって安全を図ることが可能なことが少なくありません。その場合の移動には地面の安定が前提になりますが、それが損なわれたら空中を飛ぶしかないでしょう。人はそれができませんので、そのことから、もっとも恐ろしいのは地震だと言い切っています。

地震の恐怖が伝わってくる文章で、直接に経験したことの有無にかかわらず、八百年前のそれを上回る大地震を知ってしまった現代日本人の誰もが共感するはずです。

なお、地震をなまずの仕業とする俗信がありますが、元暦の大地震のときは「竜王《りゅうおう》動《うごく》」との風聞があったと、この時代に生きた高僧慈円《じえん》は『愚管抄《ぐかんしょう》』の中で触れています。同じ年の春に滅亡した平家一門ないし清盛《きよもり》を龍と縁のあるものとする理解があった時代のことですから、地震を平家の祟りと結びつけ、龍を絡ませる説が横行したのは自然なことと思われますが、長明はその説を念頭に置かず、昇天によって地震の危険を回避できる動物として、龍を思い出し、それとわが身を対比しているのです。

❹ 朝夕の景色に人生を思う

もし、跡《あと》の白波《しらなみ》にこの身を寄する朝《あした》には、岡《おか》の屋《や》に行《ゆ》きかう船をながめて、満沙弥《まんしゃみ》が風情《ふぜい》を盗み、もし、桂《かつら》の風、葉を鳴らす夕《ゆう》べには、潯陽《じんよう》の江《え》を思いやりて、源都督《げんととく》の行《おこな》いをならう。

（『方丈記』）

【現代語訳】　船の航跡にわが身を重ねる朝には、岡の屋に行きかう船を眺めて、満沙弥《まんしゃみ》の歌の風情をわが心とし、楓《かえで》の葉が風に吹かれて音を立てる夕方には、はるかな潯陽《じんよう》の江《え》を思って、源都督《げんととく》をまねて琴を弾きます。

ここでは、一日のうちの朝と夕方を対比しながら、和漢の古人の世界と自己の生活を重ねて、どのような伝統を受け継ぎ、それが現在の自分にどうひびいているかを語っています。

最初に出る満沙弥《まんしゃみ》は『万葉集』の歌人です。『拾遺和歌集《しゅういわかしゅう》』二十に見える、

世の中を何にたとえん朝ぼらけ漕《こ》ぎ行く船の跡《あと》の白波《しらなみ》

で知られました。沖に漕ぎ出す船の航跡は、ひとしきり水面に残るがやがてはかなく消えていきます。そのさまから無常を感じて歌ったものです。

朝、長明は展望の利く高みに立って、遠い世の先輩に当たるこの遁世《とんせい》歌人に共感するようなことがあったのでしょう。この水面は当時、日野《ひの》と宇治《うじ》の中間にあったかなり広大な巨椋池《おぐらいけ》（昭和十六年まで続いた干拓事業によって消滅。「岡の屋」はかつての船着き場）のそれと推定されますが、琵琶湖を一望のもとに臨める比叡山の無動寺《むどうじ》で、この満沙弥の歌にもとづく歌をかわした西行《さいぎょう》と慈円《じえん》の作品が有名です。

におてるや凪《な》ぎたる朝に見渡せば漕ぎ行く跡の波だにもなし（西行）

ほのぼのと近江のうみを漕ぐ船の跡なきかたに行く心かな（慈円）

また、それに先立つ平安中期、同じく比叡山の横川《よかわ》で、航跡を遠望しつつある僧が満沙弥の歌を口ずさんだのを聞いた源信《げんしん》が「和歌は観念の助縁《じょえん》となりぬべかりけり」(和歌は仏教の観念の助けとなるはずのものであったのか)と驚嘆、歌を詠むようになったという故事もあります。源信は日本浄土教の基礎を築いた僧で、その著『往生要集《おうじょうようしゅう》』によって長明を含む中世知識人に計り知れない影響を与えています。

長明の念頭にこれらは無論あったものと思われますから、それにならおうとして琵琶湖を俯瞰したこともあったはずです。

「桂の風」以下は、長明のもう一つの本領であった琵琶《びわ》をめぐる記事です。「潯陽《じんよう》の江《え》」は白楽天《はくらくてん》の「琵琶行《びわこう》」に見える地です。白楽天は、この川のほとりで琵琶を奏でながら昔語りをする老女に出会い、その体験を「琵琶行」にまとめました。長明はそれにならって往年を追憶しつつ琵琶を弾いたのでしょう。

「琵琶行」に触れながら長明を評する鎌倉初期の歌論書『続歌仙落書《しょくかせんらくしょ》』に、彼の歌と人についての印象として、

風体《ふうてい》、比興《ひきょう》を先《せん》として、また、あわれなるさまなり。潯陽江頭《じんようこうとう》に、琵琶《びわ》の曲に

昔語りを聞く心地なんする。

と評しています。琵琶の名手として知られたことも手伝って、長明の歌にうかがえる悲劇的な人生の影を感じとって、白楽天の名作を連想する人は多かったと思われます。それが本人の意識にもかなったものであることが、『方丈記』のこの一節からうかがえます。

なお、「源都督《げんととく》」は平安後期の歌人で琵琶の名手　源《みなもとのつねのぶ》　経信を指します。「都督」は大宰帥《だざいのそち》（長官）の唐名。経信は厳密には権帥《ごんのそち》でしたが、こう呼ばれます。彼の邸宅は洛西の桂《かつら》にあったので、彼の拓いた琵琶の奏法を桂流《かつらりゅう》と称します。この文章の「桂の風」は、桂（楓《かえで》）を意味する一方で、後の「源都督」との縁をひびかせて、経信に対する長明の懐かしみを表していると思います。

ちなみに、経信の孫に当たる出家歌人俊恵《しゅんえ》は若き日の長明の師です。東大寺の僧でしたが、京都の北白川《きたしらかわ》に移って歌林苑《かりんえん》という結社を創設、平安末期の歌壇で重きをなした僧です。『無名抄《むみょうしょう》』によると、若き日の長明はこの俊恵から「末《すえ》の世《よ》の歌仙《かせん》」としてたいへん期待されていました。

⑤ 素晴らしい風景が心を慰める

もし、うららかなれば、峰《みね》によじ登りて、遥かにふるさとの空をのぞみ、木幡山《こはたやま》、伏見《ふしみ》の里、鳥羽《とば》、羽束師《はつかし》を見る。勝地《しょうち》は主《ぬし》なければ、心を慰《なぐさ》むるにさわりなし。

【現代語訳】　うららかな日は、峰によじ登って、懐かしい方面の空を遠望し、木幡山、伏見の里、鳥羽、羽束師を見ます。素晴らしい風景は誰のものでもありませんので、それで心を慰めるのに支障はないのです。

（『方丈記』）

老いてますます元気であったらしい長明は、時に峰によじ登って風景を眺め、懐旧の情にひたったようです。

「ふるさと」は、今ではもっぱら故郷についていう言葉になっていますが、古くは、懐かしまれる場所・土地を広く意味します。ここでは、下鴨《しもがも》を含めて都とその周辺を指しているのでしょう。「よじ登る」とこの「ふるさと」の結びつきに、長明の望郷の思いが込められています。

西行は、離脱した都への出家後の心境を、

世の中を捨てて捨てえぬ心地して都《みやこ》離れぬわが身なりけり

と歌っていますが、長明の心情も似たようなものだったことでしょう。

その彼が特に目を留めた地はどのようなものであったか。文中の彼が立つ場所が四方にわたって視界の開けたところであることからすると、気になりますが、方角としては西が選ばれています。と言っても、「西方《さいほう》に匂《にお》う」（134頁参照）のような極楽への連想にちなむ選択ではなく、別のいわれがありそうです。

四つの地名が明示されていますが、それぞれ、王朝文学の歌枕として用いられてきたものばかりです。「木幡《こはた》」は、「こは誰（た）」（いったい、この人は誰か）、「伏見《ふしみ》」は文字どおり、伏して見る、「鳥羽《とば》」は「永久（とわ）」、「羽束師《はつかし》」は「恥ずかし」などと、これらの地名は和歌では掛詞《かけことば》として用いられてきました。特に恋をめぐる場面や心情についての作例が多く、この四つを並べる文脈を辿ると、終のすみかとなる庵を建てた日野《ひの》の周辺の峰から望まれる西の稜線の風光とともに、長明の脳裏には、過去のさまざまな場面が浮かび上がってきたことであろうと思われます。

長明は『方丈記』の中で、自分の過去については災害体験と出家後の草庵生活に話題をしぼっており、対人関係についてはほとんど明かしていませんが、ここの四つの地名から恋の記憶などがかすかに見え隠れするようでもあり、このあたりの文章は一見悠々とした最晩年の心境を伝えているよそおいの中に、長く続いた在俗時への懐かしさを伝えているのかもしれません。

眺望への思いを記した長明は、引き続いて白楽天《はくらくてん》の「勝地《しょうち》は本来《もとより》、定主《ていしゅ》なし。おおむね、山は山を愛する人に属す」（『白氏文集《はくしもんじゅう》』、『和漢朗詠集《わかんろうえいしゅう》』など）を引用して、風光明媚な地への自分の姿勢をことさらに正当化しようとしています。それが必要と思わなければならないほどに、風景の呼び覚ます過去への思いが強く、深いものであったことの表れでしょう。

この引用文を挟み込んだ長明は、次に違う方面に転じて、

歩《あゆ》み、わずらいなく、心遠くいたる時は、これより峰《みね》続き、炭山《すみやま》を越え、笠取《かさとり》を過ぎて、あるいは石間《いわま》に詣《もう》で、あるいは石山《いしやま》を拝《おが》む。……

と、近江各地を歩き回ったことについて書き連ねています。そこからうかがえる彼の健脚ぶりは圧倒的印象を与えるでしょう。『方丈記』に関心を持つ人のほとんどが、おそらく真似のできないほどのものだと思います。ここに見える山への愛着と行動力は当時の知識人から彼を相当にきわだたせる特徴です。

よく歩く人は、よく感じ、よく思う人でもあることが多く、古今東西にその例は多いでしょう。「散歩をはじめて思索の対象とした」のは二十世紀東京の永井荷風だそうですが（川本三郎編『散歩』作品社、一九九三年）、長明はその遥かなる大先輩だったかもしれません。

❻ 閑居しつつ自然に同化

山鳥《やまどり》のほろと鳴くを聞きても、父か母かと疑い、峰の鹿《かせぎ》の近く馴《な》れたるにつけても、世の遠ざかるほどを知る。

【現代語訳】 山鳥が「ほろ」と鳴くのを聞いても、父か、母かと疑い、峰の鹿《しか》が庵近くに住みなれているのを見るにつけて、世の中から自分がいかに遠ざかっているかを知ります。

（『方丈記』）

山中の草庵のすまいでの鳥獣をめぐる感想で、山鳥も鹿も共に、それを歌った古歌に事寄せ触れられています。

山鳥については、

山鳥のほろほろと鳴く声聞けば父かとぞ思う母かとぞ思う

という、奈良時代の高僧行基《ぎょうき》が詠んだとされる古歌によっています。（合唱曲の歌詞としてこれを知る人も少なくないと思います。）

山鳥の声を父母の声かと聞く長明はすでに老い、早世した父母よりも高齢に達して久しいのですが、いつになっても思慕の対象だったようです。ふとそんなことを示すこの一節は、読者に忘れがたい印象を残すでしょう。

鹿については、西行の、

山深み馴《な》るるかせぎのけ近さに世に遠ざかるほどぞ知らるる

によるものです。警戒心の旺盛な鹿が峰から下りてきて平然と庵の傍にやってくるのを見るにつけて、世の中を離れた自分は、今や自然の一部となってそれに同化していると実感しているのです。

❼ 豊かさの中に無常を悟る

八月ばかりにやありけん、朝さし出《い》でて見るに、穂波《ほなみ》ゆらゆらと出《い》で、ととのおりて、露《つゆ》こころよく結《むす》び渡して、はるばる見えわたるに、……

【現代語訳】 八月の頃だったかと思われますが、ある朝、表に出てみると、稲の穂が風に揺らいで波立つように見え、みごとに実っている上に露が一面におりているようすが、遥か彼方まで見えていますので、……

（『発心集《ほっしんしゅう》』第一・六）

『方丈記』と違って、『発心集』のような仏教説話には風景描写が比較的少ないので、この箇所は珍しく、不思議な印象を残します。高野山《こうやさん》在住の遁世者《とんせいしゃ》の発心《ほっしん》に関する記述の一部です。以下にしばらく、この人の心中について語られています。

彼は筑紫《つくし》の者で、家の門から見渡される田を五十町も私有する富裕の身でした。ある朝、一面の田の稲が実り、そこに露がおりているのを一望して、にわかに発心の思いを呼び覚まされます。この豊かさは自分にとって分不相応ではないかという謙虚さに根ざす思いと、無常の世をかえりみるにつけて、眼前の富がかえってむなしく見えたためのようです。

荒涼とした風景から世界の本質を感じるとか、『方丈記』に記述されているような災害体験から無常を感じるのは、ごく普通の体験でしょうが、自己の充足を目の当たりにして発心を思い立つのは珍しく、この人の感性には特別なものがありそうですが、うなずけるものを感じる人も多いのではないでしょうか。

彼は自分の豊かさについて、「下郎《げろう》の分《ぶん》には合わぬ身かな」と「心にしみて」思い続けますが、さらに思案を深め、そもそも、これは何事《なにごと》ぞ。この世のありさま、昨日ありと見し人、今日はなし。朝《あした》に栄える家、夕《ゆう》べに衰《おとろ》いぬ。ひとたび、眼《まなこ》閉ずるのち、惜《お》しみたくわえたる物、何の詮《せん》かある。はかなく執心《しゅうしん》にほだされて、永く三途《さんず》に沈みなんことこそ、いと悲しけれ。

と「無常を悟れる心」が強く起こり、その一方では、このまま家に帰れば、家族の反対にあい自分の決心が妨げられると思って、何気ないよそおいでそのまま京に向かいます。途中、そのことを人から教えられた十二、三になる娘が追いすがって思い留まるようにと泣きつきますが、それを振り切り、剃髪して高野山に入ってしまいます。

絵巻にも取り上げられて有名な西行《さいぎょう》の出家伝説を思い出させる展開ですが、ことによると、こちらのほうが先行するものであり、これが後に西行に事寄せて語られるようになったものではないかとも思われます。二人はともに高野山に入った人として好一対の関係にあり、また、同じく筑紫出身の高野聖《こうやひじり》として有名な後世の刈萱道心《かるかやどうしん》の伝説とも関連がありそうです。

西行や刈萱には、親友の死とか散る花などの発心を誘うわかりやすい要因がありますが、この話はそれらと趣を異にしており、一見して共感しにくい感がありますが、はたして、どうでしょうか。「心にしみて」という彼の思いは、読者の心にも深く入ってくる独自の何かがあるような気がします。

そう思い始めるとき、男の見た風景の描写に「穂波《ほなみ》ゆらゆらと出《い》で」とあったのがふと思い出されます。往年の日本映画に詳しい人なら、小津安二郎の『麦秋』のラスト近い名場面を連想するのではないでしょうか。収穫期の大和の豊かな麦の穂の揺らぎにこの世の哀愁を映してパリの観客を魅了したというあの場面です（ほどよい風が麦の穂をゆらすのを監督・カメラマンなどは現地で七日間待ち続けたそうです）。ちなみに、小津の残した古典についてのノートによると、彼は『方丈記』の愛読者として長明の文章をよく読みこんでいたようです。

『発心集』のこの一節は、麦でなく稲ですが、それを「ゆらゆら」と動かす微妙な風が、作中人物だけでなく、読者の心をも動かすことがあると思います。もともと長明は風に人一倍多感だったと思われ、ここもその表れではないでしょうか。次に、彼の風をめぐる多くの言葉からいくつかを選んで紹介します。

⑧ 風に意を決して

しのばんと思いしものを夕暮《ゆうぐれ》の
風のけしきについに負けぬる

【現代語訳】あなたへの思いを耐え忍ぼうと思いましたが、夕暮れの風のけしきに激情がこみあげてきて、ついにお便りを送ることとなりました。

（『鴨長明集《かものちょうめいしゅう》』）

二十代の長明の恋愛体験をうかがわせる一首です。詞書《ことばがき》に「秋の夕べに女のもとにつかわす」とあります。当時の彼は、『方丈記』によると父方の祖母の実家に婿入りして結婚生活を営んでいたようですが、その一方で別の女性ともただならぬ仲になっていたらしいことが、この歌からうかがえます。

何らかの事情で長明はその仲を諦めなくてはならないと思っていたのに、夕暮れの風によって気が変わり、恋人のもとを訪れようとして送った挨拶の歌です。残念ながら相手の歌は書かれていないし、この歌によって始まった当日の夜の成り行きがどんなものであったかもわかりません。わかるのは、長明が風にことさら敏感で、恋人もそのことを承知しており、この前触れで二人の間の意思疎通がかなったらしいことです。「風のけしき」とは、その時の風の音、および風圧によって引き起こされた景観の変化でしょうか。

この印象的な語は『源氏物語』に出てくるものなので、それと関連づけて、二人の仲についていろいろ想像できそうですが（拙著『鴨長明』に詳述）、ここでは長明の風への感受性が並々ならぬものであったらしいことにのみ注意を払っておきます。

⑨ 風に郷愁をかき立てられる

横田山《よこたやま》石部河原《いしべがわら》は蓬生《よもぎう》に
秋風《あきかぜ》寒《さむ》み都恋《みやここい》しみ

【現代語訳】横田山から石部河原に続くこのあたりは、蓬《よもぎ》が繁っています。そこを吹き抜けていく秋風の肌寒さに触れていると、都への郷愁がひとしお、つのってきます。

（『伊勢記《いせき》』逸文）

三十代の長明は、伊勢《いせ》に旅立ち、しばらくそこに滞在したようです。その帰りには熊野《くまの》方面に回った気配もあり、関心をそそられます。この旅の年次については二説あり、長明三十二歳時、三十六歳時に分かれます。それを綴った『伊勢記』という作品が書かれましたが、散逸し、いろいろな書物に引用されたものが部分的に伝わるのみです。

この歌は、都を出た長明が近江路《おうみじ》に入り、美濃に通じる道と分かれた東海道を伊勢方面に向かい、まず出会った土地での体験を歌ったものです。長明は折からの秋風に郷愁の思いをかきたてられています。

この旅がどんな事情によって始まり、彼にとっていかなる体験になったか必ずしもはっきりしませんが、この歌には、秋風に触発された都への思いがみずみずしく歌いあげられているのは確かでしょう。

伊勢への道の行く手には鈴鹿峠《すずかとうげ》という難所があり、それを意識して旅人の緊張は徐々に高まっていきます。肌寒い秋風を受けるこの時の長明にとっても、それは例外でなかったはずです。

⑩ 風にあわれを誘われて

かくしつつ峰《みね》の嵐《あらし》の音《おと》のみや
ついにわが身を離《はな》れざるべき

【現代語訳】　このようななりゆきで、無一物となっていくわが身に残る物といえば、今や峰の嵐の音だけとなりそうです。

（『源　家長日記《みなもとのいえながにっき》』）

源《みなもとの》家長《いえなが》は『新古今和歌集』編纂の事務責任者を務めた歌人です。その仕事をめぐる回想記『源家長日記』を残しており、その中で長明が新古今歌壇で活躍した後、身を隠して出家するに至る経緯を同情的に描いており、この歌はその中で紹介されているものです。

長明は下鴨社《しもがもしゃ》の人事異動で長年の悲願を絶たれ、前途を諦めて出奔してしまいました。その後、彼の琵琶を後鳥羽院《ごとばいん》が召し上げた折り、取次役を務めた家長に対し、その悲しみを歌ったものです。

身一つとなった自分に残るのは風の音だけであるというのです。この風は、具体的には出家後に隠れ住んだ洛北大原《らくほくおおはら》の里に吹くものを指しています。それが最後まで身を離れずにいてくれることについて、風を擬人化して歌っていますが、その裏には、「離れて」しまった人々への不満や寂しさが息づいているようです。

その最大の対象は後鳥羽院です。院は当初から、神職に対する長明の思いを知っており、和歌所《わかどころ》の寄人《よりうど》（職員）としての彼の並々ならぬ奉仕に報いようとして、川合《ただすの》社《やしろ》の禰宜《ねぎ》に任じる心づもりにしていましたが、下鴨社の最高の地位にある鴨祐兼《かものすけかね》の異議申し立てを受け入れ、彼の子の祐頼《すけより》をその職に当てることを了承、結果的に長明は見放されたかたちとなってしまいます。

失意の身となった長明は当初東山《ひがしやま》に住んだようですが、後に洛北の大原に移り、その前後に出家しました。その経緯に後鳥羽院が彼を慰留した形跡がなく、むしろ、突然の失踪によって院は激怒し、見放すほかないと思ったことでしょう。その一方で、長明の自作による「手習《てならい》」という名の琵琶《びわ》は身辺に置きたいとの院宣が下り、家長はその伝達をすることになりました。

長明の心境はどのようなものであったか、その微妙な思いをこの歌が伝えています。自分は見放されたのに、愛器を召し上げられてますます傷つき、孤独感が深いという被害者意識の表明のように見えつつ、身代わりの琵琶を献上することで院との縁が辛うじて残されたという安堵感もうかがえ、であるからこそ家長はこの歌を紹介しているのだと思います。

いずれにせよ、この歌に詠まれた、自分の世界に残された最後のものが風の音だけになったという自覚は、いかにも長明にふさわしいものでしょう。彼は、雪国若狭《わかさ》方面からの寒い風の通り道に当たる大原に五年を過ごしてから、『方丈記』成立の場となった日野《ひの》に移り住み、結局、そこが終《つい》のすみかとなりました。

なお、彼が歌人として関わった新古今時代は、風を歌った秀作がたくさん生まれています。その先駆けをなした西行には、

おしなべてものを思わぬ人にさえ心を付くる秋の初風《はつかぜ》

風になびく富士の煙の空に消えて行方《ゆくえ》も知らぬ我が思いかな

などがあり、この前者に触発されて兼好《けんこう》は『徒然草《つれづれぐさ》』に、

月花《つきはな》はさらなり、風のみこそ、人に心は付くめれ。

（月や花はもちろんですが、風というものも、人を感じやすくするものです。）

と書いています。

散る桜や名月を目にしたときと同じように、当時の人は吹く風にあわれを感じたのです。その背景には、転換期を生きる人々の不安や寂しさが息づいているようです。長明はそうした時代の一人として風、または、風に誘発される思いを歌ったのでした。

⓫ 無常の風が吹き抜けていく

草も木も靡《なび》きし秋の霜《しも》消えて
空《むな》しき苔《こけ》を払う山風《やまかぜ》

【現代語訳】 その威光にすべてのものが靡《なび》き伏《ふ》すほどであった方も今は亡く、そのなきがらを葬ったあたりを、ただ秋風だけが吹き抜けていきます。

（『吾妻鏡《あずまかがみ》』建暦元年十月十三日条）

長明は方丈《ほうじょう》の庵《いおり》に入って閑居の日々を送りましたが、なぜか一度、鎌倉に旅立っています。新古今歌人の飛鳥井雅経《あすかいまさつね》の誘いによったもので、経緯はよくわかりませんが、現地での体験として源実朝《みなもとのさねとも》と再三にわたって会見したことが、鎌倉側の資料『吾妻鏡』に記されています。

頼朝《よりとも》の命日に、彼を葬った法華堂《ほっけどう》で法事が営まれた折に、長明も参加し、故人をしのんでこの歌を堂の柱に書いたとあります。往年の頼朝の勢威を風にたとえ、彼の墓所を吹き抜けていく初冬の風をそれと対比させて、無常の思いが実感的に歌われています。

旅の目的は、幕府のしかるべき地位への就職にあったのではないかとする説もあります。真相は不明ですが、はっきりしていることは、長明がまもなく日野《ひの》に戻り、翌年の晩春に『方丈記』を執筆した事実です。

『方丈記』と『吾妻鏡』が伝える歌とに無常感が通底しているのは誰の目にも明らかでしょうが、風に触れる他の作品にも同じようなことがいえるのではないでしょうか。

《鴨長明のキーワード ① 山　里》

平安時代、都の暮らしに安住できない思いを抱えた人々は、別の場で本来の自分にふさわしいすみかを持ち、そこで再出発を図りました。

都を遠く離れた所に向かった人もいますし、人の訪れもない深山幽谷《しんざんゆうこく》に居を構えた人もいますが、多くは周辺にある緑豊かな場所に移り住んで、四季折々の風景に心をひかれながら、それまでと違う静かな人生を展開しました。修行し、自己と向き合い、読書や執筆に没頭することも多かったようです。彼らの環境を「山里《やまざと》」といいます。

もともと、「里」は山のふもとなど、人の住みついた所を呼ぶ語ですから「山」と「里」は対立語といえますが、その二つを結び付けて、都とは違う寂しく不便な地ではあるものの、人恋しい折りには仲間との交流もできる環境を「山里」と呼びました。

彼らの一部は、そこで得られた人生の味わいを書いて歴史に名を残すことになりました。長明はその代表の一人です。

代表的山里は、大原《おおはら》・嵯峨《さが》・東山《ひがしやま》・深草《ふかくさ》など京都の周辺部に広く及んで、今も心ある旅人をひきつけて止みません。これらで過ごした古人と現代人との間で、時代の隔たりを超えて通じるものが多いからでしょう。

Ⅱ

さまざまな問いかけ

⓬ 時のうつろいの中で

春《はる》しあれば今年も花は咲きにけり
散《ち》るを惜《お》しみし人はいずらは

（『鴨長明集《かものちょうめいしゅう》』）

【現代語訳】 春という季節がある以上、当然のことですが、今年も桜の花が咲きました。一方、かつて、それが散るのを愛惜した人はもうこの世にいません。どこに行ってしまったのでしょうか。

養和元年（一一八一）、長明二十七歳のときに編まれた歌集の中の一首で、亡き父を偲ぶ歌です。これが、確認できる彼のもっとも早い作品と思われます。咲く花に事寄せて故人を偲ぶ歌は一種のパターンともなって、古来多く詠まれてきましたが、若き長明はその流れにそって自分の悲しみを表現し、しめやかに歌人として出発しました。長明の父長継《ながつぐ》が死んだのは承安二年（一一七二）と確認できますから、この歌が詠まれたのはその翌年ということになります。

父に死なれたとき、長明は十八歳でした。当時の男子の標準的あり方からすれば、すでに成人の身となっており、妻子がいても不思議ではない年齢です。現に、長明自身、父の十八歳のときの子、それも次男でしたから、父が人の子の親となったのは、父を失った時の長明より若かったことになります。

しかし、その人の子であった長明は父と対照的に、年齢相応の成長を見せていかなかったのか、中高年に達してからも、彼は知人から「みなしご」としての逆境に堪えて生きた人として同情的に扱われています（『源家長日記《みなもとのいえながにっき》』、『無名抄《むみょうしょう》』に引用された中原有安《なかはらのありやす》の言など）。

そのことから、長明の、父が早世した頃の悲しみが並々でなく、それを終生トラウマとして引きずっていった人という印象があったらしいと推測されます。その前提になる事実として、母もこの時には先立って亡くなっており、ことによると、長明誕生と入れ違いに母が早世したのではないかとも想像されます。

ともあれ、若き日の喪失感と孤独感を歌ったこの一首には、彼の世界が特徴的に表れているようです。時のうつろいの中で、桜の花は、春になると咲き、あわただしく散りますが、翌年また咲きます。いずれはそれも終わって木の命は尽きますが、かなりの長期間、花については年々生と死が繰り返されます。人間は、その花よりは長くこの世に存在するものの、いったん死ねば、花と違って再生することがありません。それをあると信じたい思いから諸説が説かれ続けましたが、その裏付けが取れず、今も事情は変わらないままでしょう。

こうした、人と花の違いにあらためて気づいて、成長期にあった長明が衝撃を受けたのですが、終生、無常の思いが強かった長明の人間形成に、父の死の落とした影の深さは計り知れないほどのものだったのでしょう。

「いずらは」は、どこに行ってしまったのかという問いであるとともに、喪失や不在に納得できない気持ちを表します。仏教的死生観によれば、人が死んだ後にどこに行くかは生前の功罪等によって決まるとされました。それに素直に従うことができない人であれば、自分で答えを見つけなければなりません。

長明はそのような人であったらしいのですが、百年後の『徒然草』の作者も同様です。彼は、八歳のとき、仏とはいかなるものかについて父を問い詰め、答えが得られなかったことを『徒然草』の最後の章段で回想しています。死者を受け入れ、救い、導くとされた仏なるものを少年兼好《けんこう》は信じられなかったし、その彼を父は納得させられませんでした。やむを得ず、兼好はその問題について自分で解決しようと努力したことでしょうが、答えはなかなか見つからなかったらしく、『徒然草』の内容自体がその表れのように見えるほどです。

後世のわれわれが、長明や兼好に共感を覚えるのは、既成の考え方になかなか納得できず、幼少年期以来の同じ問いを発し続ける愚直さに一因があるでしょう。この章では、自他に向けて長明が発した数々の問いを順次見ていきたいと思います。

⑬ なぜ生き続けるのか自問する

憂《う》き身《み》をばいかにせんとて惜《お》しむぞと
人に代わりて心をぞ問う

（『鴨長明集』）

【現代語訳】 憂き身にどんな期待を持って生きながらえるのか、人に代わってみずからの心に問いただします。

『鴨長明集』の中には、人生に関する数々の疑問が歌われおり、父の早世によって逆境に立たざるを得なかった若き長明の苦悩が偲べますが、特に「述懐のこころを」と題する連作十一首は印象深いものです。

生存への不安、遁世《とんせい》や自殺への願望がこれらに見えて、二十代の長明の心が容易でない状態にあったのは確かです。彼は、生きるべきか死ぬべきかという問題によって激しく揺れていたことでしょう。

この歌は、自分を「憂《う》き身《み》」と見切っているはずの私がなぜ生きていられるのか、みずからの意志で死のうとしないのはなぜか、それについて誰も問いただしてくれないことへの嘆きと、それに根ざす自問が歌われています。

いったい、わが身をどのようにしようと考えて生きているのか。

こうした自問自答については、たとえば、西行の、
うらうらと死なんずるなと思い解《と》けば心のやがてさぞと答うる
という前例があります。

自分がいかに死に向かっているかについて、あれこれと考えた結果、心のどかに死

ねそうだ、と自分なりに結論を下したところ、わが心が、ただちにそれに同意したという歌意です。歌の「んずる」は、今にもそうなりそうな、という切迫した状態に用いる言葉です。この歌がいつのものか詳しくはわかりませんが、若い頃の作品と考えられています。当時の西行に、自分は死に臨んでいると思わせる何か特別の事情があったのでしょう。

後年、若い長明がこの歌に親しみを感じて、これを念頭に置いて自問の歌を詠んだのかどうか、不明ではありますが、西行の「うらうらと」の歌を傍らに置くと、長明の歌がより明快なよそおいで迫ってくるでしょう。

西行は長明が生まれる十数年前に出家、しばらくして東海道に旅立ちますが、そのときの心境を、

鈴鹿山《すずかやま》憂き世《よ》をよそに振り捨てていかになりゆく我が身《み》なるらん

と歌っています。

長明の歌と「憂き」「いかに」「身」などの語が重なっており、今の自分と同じような年齢であった頃の大先輩の歌に刺激されながら、彼我の共通性と差異に心を向けて

いるようすが想像できそうです。さらに想像をたくましくすると、「人に代わりて」の「人」は、具体的には、西行のようなタイプの人を想定しての言葉だったかもしれません。

尊敬の思いを持って仰ぎ見る相手から何かを問われるとき、その問い自体にすでに回答ないし教えが暗示されていることが多いと思いますが、長明は誰かとのそのような関係を持てない今の自分を悲しんで、その誰かに当たる者を自分の内部に仮に想定し、それに対する問いを歌っているのでしょう。

このような自問は、あとで触れるように、『方丈記』の末尾にも見えますが、二つの表現に見える発問は、数十年を隔てて点と点のようにそれぞれ別個に存在しているわけではなく、その間にも幾度となく反復しているものでしょう（139～140頁参照）。むしろ、長明の長い人生の中に終始存在し続けたもののひとこまというほうが正しいかもしれません。孤独な彼は、常に「人に代わりて」自己に向かって問いを発し続けるほかなかったと思います。

⓮ 夢の世もこの世もはかない

白雲《しらくも》に消えぬばかりぞ夢の世を
かりとなくねは己《おの》れのみかは

【現代語訳】 夢の世を悲しんで泣く（鳴く）私は雁《かり》と似ています。雁は白雲の中に消え、この身は地上にいます。違いはそれだけです。泣くのは自分だけでしょうか。

（『鴨長明集』）

『鴨長明集』の末尾から数えて二首目の歌です。悲嘆の色が濃いこの歌集を総括する歌の一つです。夢のようなはかない世にあって泣くのは、自分だけかと歌っています。詞書《ことばがき》が付いており、それに

ある聖《ひじり》のすすめにて、百首の歌を厭離穢土欣求浄土《おんりえどごんぐじょうど》に寄せて詠み侍《はべ》りし中に、雁《かり》を

とあり、これに続く最後の歌は「月」と題された

朝夕に西を背《そむ》かじと思えども月待つほどはえこそ向かわね

（朝夕、西に背を向けたくないと思うわが身だが、月の出を待つときには、それが難しい。）

というものです。この二首は、人の勧めで詠んだ百首歌から選んだものであること、また、それについて長明が明記したい気持ちを持っていたことが確認できます。

これらを最後に据えた『鴨長明集』自体も、勅撰集『千載和歌集《せんざいわかしゅう》』に備えて編成された百首歌だったのですが、これの特色として、長明はすでにみずからの悲運への自覚による厭世観と往生極楽《おうじょうごくらく》思想への傾斜を垣間見させているようです。『方丈記』『発心集』などへの約三十年の長い道が若い頃からそれなりに用意されていたことが

跡付けられる事実でしょう。

さて、この歌で詠まれている雁は鳴き声を「かり」と聞きなして付けた名だといいます。その「かり」は「仮り」「借り」などの字が当てられ、一時的であり、継続的なものではないことを歌の中で連想させます。

雁は渡り鳥として人々の視界にあるのは限られた季節の間だけですし、夜、空中を飛んでも、間もなく消えて行きます。しかも食用に供されるため、人に殺されることも多く、同情されることもありました。

後に長明が面会の機会を持つことになる源《みなもとの》実朝《さねとも》が、そうした雁のまな板の上のなきがらを見て、
あわれなり雲居のよそに行く雁もかかる姿になりぬと思えば（『金槐和歌集《きんかいわかしゅう》』）

と歌ったのは、その一例です。

したがって、心やさしい人にとって、雁が白雲に消えてしまうのは救いにもなりますが、長明にとってはどうだったでしょうか。

彼は、雁を見て、はかないこの世で泣くのはそれと同じだが、雁のように消えるこ

とがままならぬわが身は、あわれさにおいてまさると言わなくてはならないと感じているのでしょう。

「己れのみかは」は、お前だけか、雁も同じではないかという問いかけですが、それでかろうじて慰める余地を見つけているようでありながら、実は、雁を引き合いに出したことによって、よりあわれな自分への絶望が一段と深くなっているのでしょう。

雁はしばしば空中を一列になって飛び、そこに連帯のかたちを認めて心細い境遇の人がうらやむというパターンも物語などによく出てきます。それを思い起こすと、長明の孤独感はいっそう迫ってくるようです。

なお、長明は『方丈記』の中で、ほととぎす、山鳥、ふくろうなどの声に耳を傾け、時にはそれらと交流をはかって閑居を味わっているさまを描き、人の近づけない荒磯《あらいそ》に生きるみさごに自分をなぞらえたりもしています。鳥の生態や声にとても意識的で、特に自分と重ねて関心を抱いていたのがおもしろいところです。これは彼だけでなく、西行など、同じ傾向を見せる人は少なくありませんが。

⑮ 寂しく生きている

仮《かり》に来て見るだに堪《た》えぬ山里《やまざと》に
誰《たれ》つれづれと明《あ》け暮《く》らすらん

（『鴨長明集』）

【現代語訳】 かりそめに通りかかって見ただけの私でさえ堪えられない寂しい山里に、どんな人がつれづれの（手持ちぶさたの）日々を送っているのでしょうか。

旅の途中でふと見かけた山里の草庵についての所感を歌っています。詞書に「山里なる所へあからさまにまかりて詠める」とあるだけなので、この歌の詠まれた事情はわかりませんが、草庵の主人の心情に疑問を呈しています。長明自身が後に山里の住人となり、「つれづれ」と向き合って生き、それにもとづく生の充足を記して歴史に名を残すことになりますが、この旅の頃には、そんなことが予期できない立場なのか、そうなることへの予感がきざしていたのか、いろいろ考えられそうです。

そのことに注目すると、『方丈記』には、若き日にこの疑問を発した自分に対する返答という一面が見えてきそうです。

中世・近世の多くの心ある人々が、その返答に当たる『方丈記』をどのように読み、どのように応用して自分にふさわしい環境を作り、「見るだに堪えぬ山里」の生活を展開していったか、多くの実例で見ることができます。「つれづれ」の語がこの和歌と重なる『徒然草』もその一つです。『方丈記』と『徒然草』の二書が果たした役割を考えると、この歌の疑問（このような所で、どんな人がどのように生きているか）が呼び覚ました世界の影の大きさは相当のもののように思われてきます。

⑯ 松風を聴いて思いをめぐらす

松やあらぬ風や昔の風ならぬ
　いずれの秋か音《おと》なしの山

（『伊勢記《いせき》』逸文）

【現代語訳】この松は以前の松と違うのでしょうか。吹く風も昔の趣が失われています。音無山《おとなしやま》の松風は、その地名に合わせて、やがて聞こえなくなると思います。それは、いつのことでしょうか。

伊勢《いせ》の二見浦《ふたみがうら》に近い音無山《おとなしやま》にこれの石碑が建立されており、現地で長く記憶されている歌です。以下に、そのいわれについて、説明を少々書きます。三十代の長明が伊勢に旅立ったことは前に少し触れました（39頁参照）。彼はまもなく無事に到着、二見浦にほど近い所に身を落ち着けました。

その地には西行が七年間滞在していましたが、長明の旅を文治二年（一一八六）とすれば、彼と入れ違いになるかたちで、西行は東北平泉《ひらいずみ》に出発してしまっていました。東大寺大仏再建の費用調達のための勧進《かんじん》の旅です。西行《さいぎょう》の去ったばかりの伊勢では、彼の話題がしきりに取沙汰されていたはずです。長明はその中に入って、自分が会えなかった西行を追慕したことでしょう。この歌にはそうした背景が思い描かれます。

この歌は『伊勢物語』第四段の有名な、

月やあらぬ春や昔の春ならぬわが身ひとつはもとの身にして

によっています。梅の香る春の夜をひとり過ごしながら、同じ情景を恋人と共にめでた去年と対比してその違いを嘆いている歌です。在原業平《ありわらのなりひら》と藤原高子《ふじわらのたかいこ》の悲恋をモデルとした恋物語中の一首です。業平は入内《じゅだい》を控えた高子と引き裂かれ、会えなくなりました。彼はある春の夜、あいびきに用いた場所に出向き、同じ風景が運命の激変によってまるで別のもののように感じられる悲しみを「月やあらぬ……」と歌いました。

長明はこれによりながら、西行のありし日の松風と彼のいなくなった今のそれとを対比しています。伊勢の松風をあこがれの西行とともに聴けたらどれほど身にしみただろうかと、今の寂しさを歌い、西行在住の時期に間に合わなかった不運を悲しんでいます。そして、西行の去った後にその地で自分の聴いた松風も、いずれは聞こえなくなるだろうと、地名に事寄せ、無常感を漂わせながら詠んだのです。「音無山」は今、伊勢有数の花の名所でにぎわいますが、この頃はどうだったでしょうか。いずれにせよ、花の季節は終わり、夏を経て、秋になって西行は出発してしまいました。

遅れてやってきた長明は、寂しく松風の音を聴き、その音もいずれは消える事実に思いをいたして、その時期について「いずれの秋か」と問いを発したのですが、相手を西行と考えると、ますます寂しさが迫ってきます。

以上は、長明の伊勢旅行を文治二年と仮定しての想像ですが、四年後（建久元年）とする説もあり、それを採ると、西行の没年に当たるので、歌から感じられる長明の思いはより深刻になります。いずれにせよ、生きた時代が重なりながら、西行と生涯一度も対面できなかった寂しさは相当のものだったことでしょう。ちなみに、長明が念頭に置いていたかもしれない西行の歌は、たとえば、

深く入りて神路《かみじ》の奥を尋《たず》ぬればまた上《うえ》もなき峰の松風

です。高野山から伊勢に移住して詠んだもので、神宮《じんぐう》の山と釈迦が法を説いたインドの霊鷲山《りょうじゅせん》という二つの聖地に吹き通っている風を聴き、感じたおりの感動が息づいています。長明は西行と共にその風に接したかったのだと思います。

長明にとって、松風は『方丈記』の方丈庵の記事に「しばしば松のひびきに秋風《しゅうふう》楽《らく》（箏の曲名）をたぐえ」などとあり、それに耳を傾けると感興が湧いて楽器を演奏しないではいられなかったことが述べられています。われわれ現代人は松風に耳を傾け、それに伴って起こる心の変化に思いをいたすことなど、縁遠くなっていますが、心ある人にとってその音は自分の内面に向き合うきっかけとなるものでした。

とすると、いつかそれが失われることへの長明の不安は、地名にちなむその場かぎりのもののように見えながら、意外に深刻な広がりを持っているかもしれません。

⑰ この不運は何の因果か

見ればまずいとど涙ぞもろ蔓《かつら》
いかに契《ちぎ》りてかけ離れけん

【現代語訳】 もろ蔓《かつら》を見ると、まず涙があふれます。ますます私は涙もろくなるばかりです。どんな契りを結んで、私は運から見放されているのでしょう。

（『新古今和歌集《しんこきんわかしゅう》』巻十八）

身の不運を嘆いた歌です。「もろ蔓《かつら》」は賀茂葵《かものあおい》の異称。鴨《かも》（賀茂《かも》）の社《やしろ》のシンボルとされ、祭事のときにこれを掛けるならわしがあります。詞書《ことばがき》によると、望みがかなわず、社の交わりを絶っていた頃、この葵を見かけて詠んだものです。その望みとは、神官として栄達することでした。父の長継《ながつぐ》は十七歳で最高の地位に達したので、長明はその後継者になるのが長い間の夢だったようですが、果たせぬまま四十代が暮れようとしていました。

その頃の彼は、遂に念願が達成できそうになりましたが、対立候補に敗れ、失意に沈んでしまいます。詞書に書いてあるのは、その辺の事情です。（41〜42頁参照）

長明は、もろ蔓《かつら》を見て涙を誘われ、なぜ自分は幸運に恵まれないのかと、疑問を発しています。「契《ちぎ》り」は仏教の因果思想に結び付けて用いる言葉ですが、ここは、神との縁について直接神に問いただしたい気持ちを述べているのでしょう。

そう言えば、下鴨の社に付属し、長明が生まれた頃に父が管理していた「ただす（川合と表記）の社《やしろ》」の名が思い出されます。彼はこの名に誘われて万事につけて「ただす」ことへの志向が強かったのでは、などと、ふと考えたくなります。

⑱ わが身の転変をかえりみて

右の手もその面影《おもかげ》も変わりぬる
我をば知るや御手洗《みたらし》の神

（『続歌仙落書《しょくかせんらくしょ》』）

【現代語訳】 右手も変わり、変貌した私が何者か、御手洗の神はおわかりでしょうか。

長明の歌には、彼の内面・外面についての想像を誘うものが多く、これもその一つです。『続歌仙落書』は白楽天《はくらくてん》の「琵琶行《びわこう》」になぞらえながらそのような彼の印象に触れ、その根拠としてこの歌を挙げています。詞書《ことばがき》に「出家の後、賀茂《かも》に詣《まい》りて、御手洗《みたらし》に手洗《てあら》うとて」とあります。

出家者となって以後のある日、賀茂に参詣してまず手を洗い清めようとして、その右の手も面影もいちじるしく変わったわが身をかえりみて、私が何者かおわかりでしょうかと、神に尋ねたものです。神のもとで過ごした日々が遠い過去に去ってしまった中で遁世者《とんせいしゃ》となっていることへの感慨があふれています。

先にで述べた経緯によって長明は神との縁が薄くなり、出家者として再出発したのでしたが、神への懐かしみは消えず残っていたのです。「知るや」という問いには「知る」と答えてほしいという願望と、逆の答えが返ってくるかもしれないことへの不安がこもごも感じられます。

この「御手洗《みたらし》」は神前に用意されている潔斎《けっさい》のための設備ではなく、川を指すのでしょう。鴨の神は川に宿る、というより、川そのものが神と見なされていましたので、そのように考えたいと思います。

具体的にこれが上賀茂《かみがも》か下鴨《しもがも》か決められませんが、もし後者であれば、糺《ただす》の森《もり》の参道に沿って並行する二筋の清流のうち、西側の御手洗川《みたらしがわ》（東側は泉川《いずみがわ》と称する）になります。その至近距離の地に川合社《ただすのやしろ》があり、その禰宜《ねぎ》（神職）の子として生まれた長明にとってはいわば原風景だったはずです。彼が神に期待した自分への記憶は、出家の直前だけではなく、幼少時以来の一連のものを広く含みこんだものでしょう。

彼の父は栄達しましたが、その父の早世にあったとき、長明は前途に悲観して、死を思ってそれを人に伝えたこともあります（125頁参照）。

しかし、それは容易なことではなく、先述のような事情で達成直前まで行きながら、最終的に挫折、出家しました。神はその一部始終を見てくださったのかどうか、この歌の背景にはそうしたことへの懸念もあるでしょう。そしてまた、神職の家に生まれた自分が出家者となったことについて、神はどう思われるかということへの不安もあったことでしょう。

もちろん、神と仏が別々に見なされるようになった神仏分離令以後の近・現代と違い、中世の人々は神仏を融合したものとして信仰していました。だから、神仏への対し方について、いずれをより重んじるべきかなどとこだわりを持つ必要は一般的にはありませんが、長明についていては、やや事情が違うようでもあります。

彼は、仏教思想にそって『発心集《ほっしんしゅう》』を書き続け、それが終了に近づいたころ、自分の著述に神に関する話題が多いことについて、

そもそも、ことのついでごとに書き続け侍《はべ》るほどに、おのずから、神明《しんめい》の御事多《おんことおお》くなりにけり。昔の余執《よしゅう》か、など嘲《あざけ》りも侍るべけれど、あながちにもて離《はな》れんと思うべきにもあらず。（巻八・十四）

と書いています。神に関する記事が多いのは昔の執念によるものだろうと嘲る人もいるでしょうが、かと言って、無理に神の世界への縁を離れる必要はあるまいというのです。こだわる必要がないというのはむしろこだわりの表れというべきところです。「余執《よしゅう》」（死後にも残る執念）という語を用いて述べなくてはならないほど、長明にとって神は特別なものでした。

⑲ 恨みから悟りへ

いずくより人は入《い》りけん真葛原《まくずはら》
　秋風吹きし道よりぞ来《こ》し

【現代語訳】 どこからあなたはここに来たのですか。真葛《まくず》の生え茂る野原の秋風が吹きぬける道を通ってきました。

（『十訓抄《じっきんしょう》』巻九・七）

長明は歌人として活躍、『新古今和歌集』編纂のために置かれた和歌所《わかどころ》の職員の仕事に精勤していましたが、突然失踪してしまいます。後に洛北《らくほく》の大原《おおはら》に移りますが、それに先立って東山《ひがしやま》に住んでいたらしいことが、この歌からわかります。

これは問答形式になっており、誰かの問いに対して彼が答える形になっています。その答えの中に出ている「真葛原」は祇園社《ぎおんしゃ》（今の八坂神社《やさかじんじゃ》）の奥一帯を指す昔の呼びならわしです。文字どおり葛の茂る寂しい地だったようです。秋風が吹くとその風圧で葉が翻り、裏が見えます。それに伴って色が緑から白っぽくなり、その変化を「裏見《うらみ》」といい、同音の「恨み」に掛けて和歌に詠まれました。この歌もそれにならっています。つまり、自分の通り道を示し、併せて、出家しなくてはならなかった理由が恨みによるものであると、告白しているのです。

世人の出家の動機は厳密にいえば千差万別でしょうが、要するに世の無常を悟ったり、俗世に見切りを付けたりして（または、そのようによそおって）のことが多いでしょう。それに対して長明は恨みを前面に立てて、自分を出家に動かしたのが崇高なものではなく、恨みであると率直に言っています。

人が恨む場合には、何かに対して自分を弱者ないし被害者の立場に置き、そこに追い込んだ相手への怒りや不満があるはずです。この場合、その相手を特定するなら、後鳥羽院《ごとばいん》ということになります。自分をしばらく寵愛してくれたものの、支援しきれなくて捨てたと思った長明は、院の御所での奉公を捨てて隠遁してしまったのです。真情をきれいごとで隠し、当たり障りない挨拶ですませるわけにはいかなかったのでしょう。後鳥羽院の側からも特に遺留の言葉はなく、彼本人よりも彼の自作による琵琶《びわ》の名器に未練があるので、それを手元に置きたいという院の意思表示も聞こえてきて、長明の恨みはますます内攻していったようです。（41～42頁参照）

そのいきさつは和歌所の事務責任者であり、長明の知人であった源家長《みなもとのいえなが》の日記に記されていますが、長明は最終的には自分の悲運を受け入れ、出家のきっかけをくれた院に恩義を感じるようになって「世を恨《うら》めしと思い侍《はべ》らざらましかば、憂《う》き世《よ》の闇《やみ》は晴るけず侍《はべ》りなまし。これこそ、まことの朝恩《ちょうおん》にて侍《はべ》るかな」と涙ながらに語ったと同書にあります。それを述べる彼は衰弱しており、暗くうち沈んで晴れ晴れとしたところがなかったようなので、この言葉はとても本音とは思われませんが、その後、相当な努力の末にそれなりに安心立命《あんしんりつめい》の境地に近付いていったのか、出家とそれ以後に触れる『方丈記』の筆致は落ち着いています。

真葛原《まくずはら》の歌を紹介した『十訓抄《じっきんしょう》』は長明の死後約四十年後に成立した説話集です。知人として生身の彼を日常的に見知っていた源家長の筆とは違って多分に理想化されているためもあってか、この本の中の長明は恨みを克服したことになっています。

深き恨みの心の闇に、しばしの迷いなりけんと、この思いをしるべにて、まことの道に入《い》りにけるにこそ。生死涅槃《しょうじねはん》と心同じく、煩悩菩提《ぼんのうぼだい》ひとつなりけることわり、たがわざりけりとこそおぼゆれ。

つまり長明は、恨みの闇に沈みながら、それを一時的な迷いとし、その認識に導かれて悟りを開いていったというのです。『十訓抄』の作者はこの事例から『往生要集《おうじょうようしょう》』の金言を思い起こし、迷いの世界と悟りは一見対照的な関係にあるが、実は本質的に同一であり、前者にとらわれ、それを超えることによって後者が開けると言っています。

事実、長明は内に深刻な心の闇を抱えた当事者であったことによって、自他の内面を洞察でき、『発心集《ほっしんしゅう》』のような作品を書くことができたのです。

《鴨長明のキーワード ② 隠　者》

世俗的世界から離れて内省的また瞑想的世界にいる人のことを隠者《いんじゃ》と呼びます。一般の人からすると文字どおり隠れ住む者ということになりますが、彼らはその生活と心情の表現を残し、俗人たちも含めた不特定の相手と関わっていったことによって歴史に名を残しました。その結果を彼らの生き方や信条と比べると、矛盾をはらんだ存在ともいえます。

日本の古典文学史の中で、西行《さいぎょう》・長明《ちょうめい》・兼好《けんこう》などの作品を「隠者文学《いんじゃぶんがく》」と呼ぶならわしがあります。平安時代の宮廷に仕えた女性の書いたものを「女房文学《にょうぼうぶんがく》」とするのと一連の言葉ですが、「隠者」とは何か、また、彼らははたしてそういう存在だったたか、などについて厳密に考えるとすっきりしない感じもあって、最近ではこれを使うことについて慎重な姿勢で臨む人が多くなってきました。

かと言って、これに代わる用語も見つからないので、便宜的に使っている人も少なくありません。

江戸時代の僧元政《げんせい》の『扶桑隠逸伝《ふそういんいつでん》』には右の三人をはじめ似たタイプの人々が「隠逸」の名で一括されていますが、「隠者」という言葉は意外に用例は多くありません。たとえば長明には、同時代の人から「上人《しょうにん》」（『月講式《がっこうしき》』）、「すきもの」（『文机談《ぶんきだん》』）、「入道《にゅうどう》」（『吾妻鏡《あずまかがみ》』）などいろいろな呼び方があったようですが、「隠者」と称されたかどうか、確認は難しそうです。

Ⅲ

心、その不思議さ

⑳ 子を思う心のあわれさよ

そむくべき憂《う》き世《よ》にまどう心かな
子を思う道はあわれなりけり

【現代語訳】 背《そむ》くべき憂《う》き世《よ》に身を置いて、なお、迷っているわが心よ。子を思う親の立場はなんとあわれなものでしょうか。

（『鴨長明集《かものちょうめいしゅう》』）

妻子ある身で出家を思いつつ迷う二十代の長明の嘆きを伝える歌です。『方丈記』の中で彼は、老いて出家したときの自分の身軽さを、「もとより妻子なければ、捨てがたきよすがもなし」とさわやかに言いきっていますが、独り身になったのは三十代以後で、それまでは、下鴨社《しもがもしゃ》関係のしかるべき筋に婿として入っていたようです。この歌は、彼に子があったことを伝える唯一の資料です。

出家を思う者にとって、子への愛情はもっともはばかるべきことで、これをよく克服した西行のような人の決断と行動は美談として、また、仰ぐべき規範として早くから語り継がれていました。西行の出家について長明は『発心集《ほっしんしゅう》』に取り上げていますから、そのあたりのことはよく承知していたことでしょう。これに倣いたい気持ちが一方にありながら、半面で子を思い切れない彼の弱さが、ため息交じりでこの歌から浮かび上がり、迫ってきます。『方丈記』の中で彼は、養和《ようわ》の飢饉《ききん》の折りの思い出として、餓死した母親の乳房を空しく吸い続ける幼な子の姿を記していますが、この歌集の成立がちょうどその前後であることからすると、その体験と、親としての自分の立場を対比して、つらい思いをしていた当時の彼の姿が想像されてきます。

㉑ 生か死かと迷うどうしようもない思い

あれば厭《いと》う背《そむ》けば慕《した》う数《かず》ならぬ
身《み》と心《こころ》との中《なか》ぞゆかしき

（『鴨長明集』）

【現代語訳】 生きながらえていると、自分が厭わしく感じられるが、世を捨てようとすると未練がわいてきます。わが身と心との関係がどうなっているのか、知りたいものです。

若い頃の長明は、自己嫌悪と自己愛のはざまでゆれて、どうしようもない思いにとらわれることが多かったようで、歌集の中にそのような心情を歌ったものがいくつも見えます。これはその代表的な一首です。王朝歌人の曾禰好忠《そねのよしただ》の家集に、

あれば厭《いと》うなければしのぶ世の中にわが身一つは住みわびぬやは

とあり、これを受けたものかとされます。「ある」は生存する意か、世の中に生きる意か、どちらとも思われる微妙な言葉です。

若き日の西行の、出家に先立つ時期の歌、

空《そら》になる心は春の霞《かすみ》にて世にあらじとも思い立つかな

の「あらじ」も同様です。「霞《かすみ》」は死を連想させる語なので、この「あらじ」は出家遁世より死への意志を言っている可能性が大です。彼の歌にはその表れらしい作品がいくつかあり、長明は時に共感を覚えつつ、死を願うことが多かったのかもしれません。

長明は豊かな家に生まれ、物質的な意味で生活の不安におびえる必要はなかったはずですが、早くに親を失い、友人にも恵まれず、孤独をかこつ身でした。おのずとわ

が身に向き合って過ごすことが多かったと思われます。『方丈記』に晩年のそうした日々が描かれていますが、その原型のような生活は若い頃にも顕著だったのでしょう。自己への相対立する心情を意識しながら、そのいずれもが、まぎれもない自分の本心であり、二者が交替するような形で現れたり、時には共存することもある事実をいぶかしく思っています。

しかし、これがどの程度特別なことなのでしょうか。多少とも内省する力があれば、長明と同じような思いを持ったことがない人のほうが少ないでしょう。当然、その自覚の度合いには個人差があり、一過的な体験としてすぐそれを脱して忘れてしまう人もいれば、わが身を憎むあまりに自殺に至ってしまう人もいるでしょう。

若者と老人を対比して論じた『徒然草《つれづれぐさ》』第百七十二段には、ことさら身を危険にさらして死を急ぐ若者の心情について触れ、「(彼らは)身の全く久しからんことをば思わず(安全に長く生きようなどと思わない)」としていますが、その死に急ぎの根には、若き長明が「あれば厭《いと》う」と歌ったような思いがひそんでいるはずです。

長明のこの思いがどのように変化していったか、それを考える上で、ヒントになる

かもしれない、
　とにかくに思うことのみ大原《おおはら》や芹生《せりょう》の谷に身をや投げてん

という歌があります。「あれこれと思うにつけてこの世は思うことのみ多い所だ。いっそ大原の奥、芹生の谷に身を投じてしまいたい」という歌意で、自殺への願望を表現したものです。「大原」の「おお」には「多」が掛かっています。苦悩の多い世に見切りを付けて、大原の芹生《せりょう》で身を投じたいといっています。「大原」は、隠遁者の赴いた世界で、長明も晩年の一時期ここで過ごしましたが、芹生はさらに奥の秘境です。

そこでの身投げを願った作者飛鳥井雅経《あすかいまさつね》は、晩年の長明が親しくして共に鎌倉への旅に同行した友人です。年齢は長明の十五歳年下ですが、長明はみずからの若き日に彼と重なるものを感じていたのではないかと思われます。

中世にはこうした類例は少なくありません。戦争や自然災害などによって心ならずも死に追い込まれる人が多かった時代の中で、彼らは内面的な葛藤で死を願ったのですが、その思いを表現するに止めて、長明もその他の人々も自殺を実行するには至らず、おおむね長生きしました。

㉒ なぜ無益なことにこだわるのだろうか

ただし、あわれ、無益《むやく》のことかな。

【現代語訳】 そうは言うものの、ああ、何と無益《むえき》なことだろう。

（『無名抄《むみょうしょう》』）

長明は「賀茂社《かもしゃ》の歌合《うたあわせ》」（何年に行われたものか不明）で「月」の題のもとに、

石川やせみの小川の清ければ月も流れを尋ねてぞすむ

（石川のせみの小川と呼ばれる賀茂川は、清流なので、月もわざわざこの流れを尋ねて宿ります。）

という歌を提出しましたが、判者の生蓮《しょうれん》（俗名源師光。歌人）から「せみの小川」などという川はないと批判され、負けとされました。思うところあって詠んだ歌だったので長明が不満に思っていたところ、その歌合の判定には不審な点が多いということで、歌壇の権威の顕昭《けんしょう》に改めて判定させることになります。顕昭は「せみの小川」について判断を保留、後に直接長明に質問をしたところ、これは賀茂川の異名であり、神社の縁起に根拠があるとの答えを得たので、この言葉が認められて、その後、顕昭を含めて名のある歌人たちがこれを詠みこんだ歌を作るようになりました。（遥か遠方、鎌倉の源実朝の『金槐和歌集』の歌にも出てきます。彼は長明と何度となく会っているので、「せみの小川」をめぐる長明の思いは聞き及んでいた可能性が大です。）

しかし、その一方では、神社に伝わる語を不用意に用いたと、同族の鴨祐兼《かものすけかね》からも非難されました。このような由緒ある語を使った歌を詠進《えいしん》するのは、特別な晴れの場とか、帝や上流貴族の主催するれっきとした歌合にすべきであるというのです。同族のそうした非難をよそに、この歌は評価され、歌は後に『新古今和歌集』に選ばれるに至りました。

この集に長明の歌は十首採られましたが、特に「石川や」がその中に入ったことについて、長明は「生死《しょうじ》の余執《よしゅう》」(死後にも思いが残ること)となるほどのうれしさと書いた後、こうしたこだりについて、長明はみずから、そのむなしさに呆れてもいたようです。彼の興奮に共感しようとする読者にとって、はっとさせられる意外な記述です。

この展開の前提となった詠進の動機について長明は、ことさら「思うところあって」と言っているのですが、何を思ったのでしょうか。歌への疑義が出される不安はあるものの、自分自身で正当化できる自信があり、批判されることを承知の上で作品を提出したということでしょうが、その経緯の中で神社における自分の位置づけをはっきりさせようとする思いもあったのではないでしょうか。同族の者が批難したのは、長明のそういう気持ちを察したからだと思います。これによって、長明が神官の世界でより重きをなしたか、逆に孤立を深めたかについては、残念ながら、よくわかっていません。

長明が「生死の余執」とまで言ってこの歌への愛着のほどを示したいわれは、歌に月と川とが結びつけて歌われているためでしょう。月と川のいずれに対しても、彼は終生並々ならぬ感情を持ち続けました。その表れは各時代の作品の随所に見ることができ、本書でもそれらを再三にわたって扱っています。

なお、みずからの出自と月と川という重大な三つを扱うこの歌をめぐる成功物語を語った長明が、最後にその喜びを無化する心情を述べる結末は、構造的に『方丈記』の終わり方と似ているといわれます。たしかにそれは当たっていますが、語気の鋭い『方丈記』に比べて『無名抄《むみょうしょう》』には、深い憂いが感じられます。

長明は「あわれ」とため息交じりに自省し、「むなしさ」と知りつつ、それにとらわれていくほかない自分の愚かさに向き合っていきます。われわれも、その矛盾に富んだ彼の心のあり方を他人事とせず受け止めなければならないでしょう。

㉓ 大地震による無常をやがて人は忘れてしまう

すなわちは、人《ひと》皆あじきなきことを述べて、いささか心の濁りも薄《うす》らぐと見えしかど、月日《つきひ》重なり、年経《としへ》にし後《のち》は、言葉に掛けて言《い》い出《い》ずる人だになし。

（『方丈記《ほうじょうき》』）

【現代語訳】 その当座は、誰もがこの世のはかなさを述べて、多少は心が浄化されたように見えましたが、月日が替わり、何年かが経った後は、そんなことを口にする人さえいなくなりました。

元暦《げんりゃく》二年（一一八五）七月九日の地震を回想した文章の末尾です。地震の発生が稀なため、都の人々は、この地震のすさまじい被害と、数か月続いた余震から、自然環境への見方を一変させました。

万物を構成する自然は仏教で「四大《しだい》（種《しゅ》）」と呼ばれます。地・水・火・風の四つを指します。いずれも生活に不可欠なものですが、しばしば、害をなすので、対し方、扱い方にはそれなりの用意が必要です。にもかかわらず、時にこれらによる各種大災害が発生して多大な被害を受けるのですが、四大の中では、地が例外のように思われがちです。

人は大地に身を託して生きているのですが、稀にはその地が揺れ、安定は絶対的なものでなく、いったん激しい振動が起こると、人はそれに対してなすすべがないという事実を知ります。その衝撃は極めて大きいので、人生観・世界観は根本的に変わらざるを得ません。彼らは、無常の世を目の当たりにした地震体験者として、興奮し、無常を知った者としての殊勝な言動を見せがちです。

しかし、地が安定するにつれ、時間の経過に伴う慣れと忘却も手伝って、何事もなかったような気分に戻っていきます。いつまでも衝撃を引きずっていては生活していけないからです。

いつの世にも繰り返されたこうした現実の中で、長明はいわばひとり、置き去りにされ、終生、地震、およびそれに先立つ災害を記憶に留め、それを文章にして、歴史に名を残すことになりました。

彼がその特別な役割を担った理由は、観察・記憶・表現にわたる抜群の能力によるものでしょうが、それに加えて、能力のある者が担わなくてはならないある種の使命感を想定しなければならないでしょう。

彼の一世代後輩に当たる慶政《けいせい》という九条《くじょう》家出身の遁世者が、仏教説話集『閑居《かんきょ》の友』の第一話で、長明の『発心集《ほっしんしゅう》』に触れ、

また、もとより筆を取りて物を記《しる》せる者のこころざしは、「我、このことを記《しる》し留《とど》めずは、後の世《よ》の人、いかでか、これを知るべき（どうして、これを知ることができるだろうか、できまい）」と思うより始まれるわざなるべし。

と書いていますが、長明の志を代弁しているように思われます。

長明は、地震から約三十年が経過して、万人が無常を悟ったかのようだった頃と現在とを対比しながら、災害の日々を自分が書かなければ永遠に忘れ去られるだろうと案じていたのでしょう。

大地震については、同時代の記録の中にこれに触れる文章が多く見られますが、生きるための指針としてあらたまった姿勢で書かれたものは見当たらず、それは遥か後世に至っても同様です。

断片的なものは各時代にあり、たとえば、鎌倉末期の『徒然草』の第四十九段の、心戒《しんかい》という人物の逸話がその一つです。彼はこの世があまりにかりそめなのを思い、腰を据えることができず、地が揺れればいつでも立てるようにうずくまっているのが常だったとあります。この人物は平宗盛《たいらのむねもり》の子、清盛《きよもり》の孫に当たる人で、元暦《げんりゃく》の地震を幼少期に体験した世代に属します。

地震の衝撃を忘れなかったのは、当然のことながら、必ずしも長明ひとりではなかったのでしょう。

㉔ 安らぎを求めながら絶望するしかない

いずれの所を占《し》めて、いかなるわざをしてか、しばしも、この身《み》を宿《やど》し、たまゆらも心を休むべき。

（『方丈記』）

【現代語訳】 どこを自分の場所として、どんなことをすれば、たとえしばらくの間でも、この身を入れ、わずかでも、心を休めることができるでしょうか。

長明は若い頃から「身」と「心」を結び付けて自己のあり方を考えてきましたが、これもその表れの一つです。その前提には、この両者を常に併せて意識しないではいられない人生が進行していたからでしょう。

当時の人々はよかれあしかれ、生まれながらに、その出自にそった環境と立場を受け入れて生きていったのですが、長明が生きたのは、今日言うところの古代から中世への転換期であり、彼の身分も、父の早世などの事情によって出発期からとても不安定でした。しかも、彼は巧みに世をわたっていく器用さや柔軟さが不足していたため、自他の関係についてたえず気を使って生きなくてはならなかったようです。

そうした中で彼は、どこにどのように身を置けば、心の安定が得られるかについて、懸命に模索していたようで、この文章にはその経緯や結果の一端がうかがえます。

彼は、「所により、身のほどに従いつつ、心を悩ますことは、あげて数《かぞ》うべからず」（生きる環境と身分に応じて、悩みが多く、それらを挙げつくすことができないほどである）とした後で、たとえば、たとえば……と、畳みかけるように生きる難しさのあれこれを例示していき、それぞれの場合に心がどのような状態になるか、すべて悲観的なかたちで示します。

その叙述は苦難に満ちた人生体験によっているのでしょうが、上代の高僧の行基《ぎょうき》の遺誡《いかい》として伝わっていた文章に重なる部分も多いので、それから類推すると、さまざまな源泉にもとづいてもいるようです。（31頁で扱った、行基の歌と伝えられた「山鳥のほろほろと鳴く声聞けば父かとぞ思う母かとぞ思う」が引用されているので、長明が行基にひかれていたのは確かです。）

長明は心の安らぎを求めつつ絶望するほかなく、ひとり、わが身を庵の中に閉じ込めて安全を図ります。

『方丈記』の中には「心」という語が約三十回出てきて、その音が、心臓の鼓動を連想させ、不思議な表現効果をもたらしているようでもあります。

長明の心のありようは、その後どうなっていったでしょうか。

『方丈記』の終幕近いあたりに「静か」という語が繰り返し出てきます。

事《こと》（変事）を知り、世《よ》を知れれば、願わず、わしらず（あくせくせず）、ただ静かなるを望みとし、憂《うれ》えなきを楽しみとす。

名声、地位、権力、富などを求めることを避け、静かな暮らし、特に心配すべきことのない生活を目標としているというのです。長明が特権階級の家に生まれ、数々の多彩な才能にも恵まれた人物であることを思うと、このような心境に至るにはそれなりの相当な努力が必要だったはずですが、ともかく彼は徐々に落ち着いていったのでしょう。

そのための住環境として山里の草庵は絶好のものでした。彼が、身を落ち着ける場所として、ことさら「方丈《ほうじょう》」としたのは、維摩居士《ゆいまこじ》（釈迦の弟子で、在家のまま悟りをひらいたとされる人）の住んだ所にならったためとされますが、それだけではなく、漢詩文などで心を「方寸《ほうすん》」と称していたことにちなんでいるようにも思われます。

一辺が一寸（約三センチ）である心の持ち主である自分が身を置く空間は、方丈が適切かとふと思った長明の、数字にとらわれるいつもながらの几帳面な風貌を思い描いてみるのも、おもしろいと思います。

㉕ 心のあり方で生活環境は決まる

それ、三界《さんがい》はただ心ひとつなり。心もし安《やす》からずは、象馬《ぞうめ》・七珍《しっちん》もよしなく、宮殿《くうでん》・楼閣《ろうかく》も望みなし。

（『方丈記』）

【現代語訳】　そもそも、三界がどのようなものであるかは、心のあり方次第で決まります。心が安らかでなければ、象や馬も、七珍も、意味のないものであり、宮殿・楼閣に住んでも生き甲斐と結びつきません。

「それ」は漢文訓読の語で、「夫」の字をこのように読みます。「あれ」「これ」などと一連の「それ」ではなく、文章や段落の冒頭、改めて何かを取り上げる際に用いる、いわゆる発語の一つです。和漢混交文と呼ばれる文体の『方丈記』の要所要所にはこうした発語が使われており、先立つ用例として、「それ、人の友とあるものは、富《と》めるを貴《とう》とみ、ねんごろなるを先《さき》とす」と、友人論にも出ています。

長明は長い苦労の末に到達した現在の生活と、それに伴う人生論について述べながら、読者を説得できたかどうか、不安を覚えたようでもあります。あまりに簡素で、いかにも貧しげな暮らしになぜ満足できるのか、また、自分は負け惜しみとか虚勢と見られるのではないか、などについてです。

その思いを打ち払うために、「それ」と力強く説き起こし、わが心のあり方が自足の基盤になっていると明快に述べ立てています。価値は相対的、また、主観的なものであり、同じものであっても、それを対象化する側の心が、価値を決定するというのです。

これは長明のオリジナルな意見ではなく、『華厳経《けごんきょう》』十地品《じゅうじぼん》の「三界所有《さんがいしょう》、唯是一《ゆいぜいっ》心《しん》」による言葉で、これを要約して「三界唯心《さんがいゆいしん》」といい、この成句は道元《どうげん》の『正法眼蔵《しょうぼうげんぞう》』の巻名にもなってよく知られています。

「三界」は過去・現在・未来の総称にもいいますが、欲界《よくかい》・色界《しきかい》・無色界《むしきかい》（この三種は、欲望に支配される世界から、それを超越する世界、さらにその上の絶対的な世界までの三段階の総称）を指します。仏教ではこれについてさまざまな論がありますが、要するに、人間など生あるものが存在する所をいう語です。

そこで生と死とを果てしなく繰り返していくものが、喜怒哀楽を自覚するのは、そのように感じる主体の心のなせるわざであって、その対象についてすべての者が同じ思いを抱くわけではありません。感性や価値観次第で、同一物に対して千差万別の反応を示すのです。

その例として冒頭に挙げられている象馬《ぞうめ》は、動物の中でももっとも価値あるものの例として引き合いに出されています。馬は不可欠な家畜として有史以来常に人間に奉仕して共に生きてきましたが、象は、長明の時代はおろか、以後も当分の間、日本では現実に見る機会がありませんでした。しかし、仏教の発生した国のインドにおいては富や権力を持つ者が所有して誇示することもありました。ここにそれが唐突に出ているのは、仏典との深い関係に即して書かれた文章だからです。「宮殿・楼閣」は絢爛豪華な住居として、これも象と同様に一種のステータスシンボルです。

長明はみずからのすまいがそれらとの対極にある簡素で貧弱なものに過ぎないことについて、次に、

今、さびしき住まい、一間《ひとま》の庵《いおり》、みずからこれを愛す。

と記して、客観的にはどうであれ、わが「心」においては満足できるものであり、都に出る折りは、みじめなわが姿を恥じたりもするが、いったん方丈の庵に帰り、ひとりになると、あくせく暮らす都人《みやこびと》をあわれむ気持ちになる、と記しています。都で感じる恥の感覚は、都から山里への移動によってまもなく打ち消されるにせよ、他人の眼を意識するときに、なかなか俗情を脱却できない自分の気持ちを率直に述べたものとして印象深い文章です。

「心」というものは不安定で、人がどこに身を置くかによって絶えず変動するものであると、長明は自分の日常的な実感にもとづいて報告をしてくれているのです。

㉖ 寂しい生活をしないで悟れるだろうか

鳥にあらざれば、その心を知らず。閑居《かんきょ》の気味《きみ》もまた同じ。住《す》まずして誰か悟《さと》らん。

【現代語訳】 鳥でなければ、その心はわかりません。寂しいすまいの味わいもまた同じです。その暮らしをしたことのない人は悟れないでしょう。

（『方丈記』）

庵の中にいれば、人より精神的優位に立てると思ったらしい長明は、その一方で、自分の言説に説得力がどのくらいあるのか、ふと不安になったようです。常に自分を他人の眼で批判的に見るような傾向のある彼らしい筆つきで、もし、疑う者がいるなら、魚や鳥の場合を参考にしてほしいと述べます。山鳥の声に感情移入したり、みさごを引き合いにしてみずからの処世を述べるなど、『方丈記』には鳥とわが身を重ねる表現が目立つことは前にも触れたとおりです。

いずれにせよ、彼は、ことさら水や林の中に生きる魚や鳥は人間のあずかり知らない心でそのようにしているのであって、自分もあえて「寂しいすまい」を選んだのであると述べ、

住《す》まずして誰か悟《さと》らん。

と言い切ります。

ここの「住む」に、やや舌足らずの印象を持つ読者も少なくないかもしれませんが、文意は明らかです。自分のように山里の草庵にひとりで住むという意味ですが、古典、特に隠者文学などにおける「すむ」は多義的なニュアンスで用いられることが

多いので注意が必要です。

「すむ」という語には「住む」の他に「清む」「澄む」「済む」などと別の漢字を当てるものがありますが、元々は同じ言葉から派生したといわれます。語源に関するそのような事情は、以後の使い方にも影を留めているでしょう。

人の心は動きやすく、また、濁りやすいものですが、自分にふさわしい居場所に落ち着き、安定すれば、おのずと内面が浄化され、本来の自分を取り戻し、達成感が湧いてきます。

完成する、し終わるなどの意味の「済む」との関連は、その実感を思えば自明でしょう。人生における「済む」は安らかな余生と死、そして、死後へのなだらかな流れを予感させ、至福の感情の元になります。

逆に、「住む」ことに関して不十分であれば、以後の万事がままならぬことになり、死とそれをめぐるもろもろを最大の達成目標と定めた人にとっては深刻な問題が残ったままになります。

長明は、そうした状況にある人に対して、「誰か悟らん」と反語を発したのです。

閑居による以外に悟りはあり得ないのではないかと。

しかし、実は、山中に住むより、街中にあって悟りを求める人のほうをより高く評価してそれをあえて「上隠《じょういん》」と呼び、閑静な環境で修行する者を「中隠《ちゅういん》」「下隠《げいん》」と差別化する考え方もあって、ことは単純ではありません。

『発心集』第一・十にはその考え方を説いた唐の白楽天の「大隠《たいいん》（真の隠者）、朝市《ちょうし》（朝廷や街中）にあり」という句を引き、長明は、

かく言う心は、賢《かしこ》き人の世を背《そむ》く習《なら》い、わが身《み》は市《いち》の中にあれども、その徳をよく隠して、人に漏《も》らせぬなり。山林に交《まじ》わり、跡《あと》を暗《くろ》うするは、人の中にあって、徳をえ隠さぬ人のふるまいなるべし。

と書いています。要するに、たとえ街中にあって人と交わっても自分の徳を隠せるのが賢い人であって、山の中に籠るのは、そうして環境を整えないと徳ある自分の世界を守れないということなのです。

執筆が終わりに近づいたとき、長明はふとそれを思ったのか、一転して次に自己批判を始め、『方丈記』は思いがけない結末に向かっていきます。

㉗ 心は時に何も答えない

その時、心、更《さら》に答《こた》うることなし。

【現代語訳】そのとき、心は何も答えませんでした。

（『方丈記』）

長明は、『方丈記』の中で格調高く謳いあげてきた人生観に対して、最後にみずから否定する方向に向かい、わが心に問いを発しますが、返答がなく、念仏を唱えるに止まったと述べて作品が終了します。たいへん意外な結末のようでもあり、当初からそのように構想されていたようでもあり、いろいろな議論がありますが、とにかく、作品の中で長明の心は言葉を発することなく、沈黙し、念仏を数回唱えるに留まりました。

心のありように触れながら記されてきた『方丈記』を振り返ると、なかなか印象深いものがあります。

これが長明の最後の作品であれば、その印象はますます際立ったはずですが、彼は再び筆をとり、また、別の角度から心について迫っていきます。

それが、題名にも「心」の文字を持つ『発心集《ほっしんしゅう》』です。『方丈記』とこれ、さらにはほぼ同時期の『無名抄《むみょうしょう》』を含めて、執筆の時期と過程についてははっきりしませんが、ひとまず、『発心集』を最晩年とする通説に従って、次に、その中からいくつか言葉を挙げておきます。

㉘ 心のままに生きてはならない

心の師とは成るとも、心を師とすることなかれ。

（『発心集《ほっしんしゅう》』序）

【現代語訳】 心を正しく導くようにつとめ、心のままに生きることを避けなさい。

心とどのような関係を保つべきかについて、対句仕立てで簡潔に述べた句です。同じ趣旨は『涅槃経《ねはんぎょう》』など仏典に多く見られますが、直接には『往生要集《おうじょうようしゅう》』（巻中・大文第五）に、「もし惑《まど》い、心を覆《おお》いて、通《つう》・別《べつ》の対治《たいじ》を修《しゅ》せんと欲《ほっ》せしめずは、すべからくその意を知りて、常に心の師となるべし。心を師とせざれ」によったものと考えられています。

取り上げた言葉は『発心集』の最初に出てきて、本全体のテーマを示す言葉になっています。人間の心は乱れやすく、迷いやすく、それを放置して無自覚に生きるのは正しくないので、どのようにこれを扱うべきかを示しています。自己と心とは不可分の関係にありますが、仮に、ありのままの心を超える、もう一つのより高度な心を構築してその力で生きていくべきだというのです。近代の心理学で超自我などと呼ばれるものを思い浮かべるとわかりやすいかもしれません。

人は生まれながらに持っている心をそのままにして生きるととんでもないことになりますが、正しい方向に導くと悟りや安らかな死を迎えることができる、そういうことの根拠になるような事実を、長明は『発心集』に集め、語ろうとしています。

その試みはもともと仏に習ったものであると、彼は次のように記しています。

仏《ほとけ》は、衆生《しゅじょう》の心のさまざまなるをかんがみ給《たま》いて、因縁《いんねん》・比喩《ひゆ》をもってこしらえ教え給《たま》う。

「因縁」は因果応報の話、「比喩」はたとえ話のことで、いわゆる仏教説話の類をさします。末世に生きる愚かな自分たちは、仏が在世した頃の立派な説き方では悟りに至るのは難しいので、自分の「短い（あさはかな）心」に相応する話題を見つくろって座右に集めておいた、と長明は記しています。「すなわち、賢きを見ては、及びがたくとも、こいねがう縁《えにし》とし、愚かなるを見ては、みずから改むるなかだちとせんとなり」とも言い、自分にとって身近な話題を不確かさなども顧みずに書いたと述べ、序の最後を、
道のほとりのあだことの中に、我が一念の発心《ほっしん》を楽しむばかりにや、と言えり。

としめくくっています。

日常卑近の世界でふと触れた他愛のない話の中に身を置いて、自分なりの発心を体験して楽しもうと思っての試みであるという趣旨です。「……にや、と言えり」は、

「……というつもりだろうかと、人は言っています」の意で、自分の行為を第三者の受け止め方をとおして指し示す表現でしょう。

「一念の」はいろいろな解釈が可能な箇所ですが、謙虚な気持ちを表す語で、わずかな、ささやかなの意と取っておきます。「楽しむ」は現代語のそれとかなりニュアンスが違い、充足感、満足感をいう言葉です。物質的にも精神的にも使います。

この文で長明が言っているのは、『発心集』に記す物語を通して、自分なりに心を正しくし、心の安定・充足ができたように思っているということです。読者はその追体験を通して、それぞれの「発心《ほっしん》」を体験してほしいという願望が言外に感じられます。

中世の著述には独立した序文のあるものとないものとがあり、長明の場合は、『無名抄』にはなく、『方丈記』は短編の首尾に序跋《じょばつ》が組み込まれている趣ですが、『発心集』序文は著者の志と作品の内容が過不足なく示されていて、明快な印象を与えます。全文で約九百字の短いものですが、その中に「心」という文字が単独で九回出てきます。題名が『発心集』であることと併せて、「心」への長明の問題意識がそのことからも明らかに見て取れるでしょう。

㉙ 修行のために行方をくらます人たち

今も昔も、まことに心をおこせる人は、かように、故郷《こきょう》を離れ、見ず知らぬ処《ところ》にて、いさぎよく名利《みょうり》をば捨てて失《う》するなり。

【現代語訳】 今も昔も、まことに発心《ほっしん》した人は、このように、故郷を離れ、見知らぬ所に住んで、いさぎよく名利《みょうり》を捨ててゆくえを隠すのです。

（『発心集』第一・三）

『発心集』には、冒頭に語られている玄賓《げんぴん》をはじめとして、それまで過ごした環境を離れて行方をくらました人々が続々と登場します。彼らは、わけもなく人目を避けたのではなく、対人関係が煩わしく、修行の妨げになるので、そのようにしたのです。

しかし、その思想的根拠は天台宗の聖典『摩訶止観《まかしかん》』巻七・下の「もし、迹《あと》を遁《かく》すも、脱《のが》れずんば、まさに、一挙万里《いっきょばんり》し、絶域他方《ぜついきたほう》にしてあい諳練《あんれん》することなく（もし、姿を隠しても、それが徹底できなければ、まさに、遥か遠方の誰もいない地に移り、人と共生・修行することなく）」云々の思想にあるとされます。

この文の締めくくりとして語られているのは、比叡山で天台《てんだい》・真言《しんごん》を学んで人に知られた平等《びょうどう》という人でした。彼は、ある時、隠れ所《かくどころ》（便所）で無常の思いが起こり、それまでの生き方を悔いて山を降り、乞食に身を変えてしまいます。たまたま、彼のゆくえを案じていた弟子と遭遇して平等はその生活ぶりを心配されますが、それを厭わしく思って再び姿を隠し、後に、人も通わない深山《しんざん》の奥、清水《しみず》のほとりで死体となって発見されました。その姿は、西に向かって合掌していたとありますから、もちろん極楽往生《ごくらくおうじょう》を目指したのです。

その結果、無事に往生したと信じられれば、「往生人《おうじょうにん》」と呼ばれ、そのような人々の列伝である往生伝（164頁参照）に伝記が記載されますが、この平等《びょうどう》はその扱いを受けていないところを見ると、それほど著名な人物ではなかったようです。しかし、長明はあえて巻頭近くに彼の話を入れており、よほど心ひかれる対象だったのでしょう。それも、単なる好奇心によるものではなく、自己の生き方の指針となる人の一人と考えたものと思います。長明自身、活躍の場から突然失踪した過去を引きずっているからです。

前に触れたように、彼は後鳥羽院《ごとばいん》に召し出されて歌人として活躍していましたが、新古今歌壇から突然失踪してしまいました（74頁参照）。失踪の動機は待遇への不満にあったようで、無常を悟るとか、道を求めるなどということではありませんでしたが、事情を知らない人から見れば、平等《びょうどう》のような人々と行動自体は似ているといえないこともないはずです。

もちろん、長明は崇高な失踪者と自分とは動機がまったく別であると承知しながらも、失踪以後の生き方で少しでもその差を埋めたいと思ったのではないでしょうか。『発心集』の失踪者たちの話を読み進めると、そんな気がしてきます。

長明の在俗から遁世への転身をそれぞれの立場で知っていた同時代の人々は、長明をどのように見ていたでしょうか。前に触れた源家長《みなもとのいえなが》の日記に見える長明は、もっぱら恨みがましく暗い人柄のように描かれています。家長は長明に対して最も好意的な人の一人ですが、彼でさえこのように記しているのですから、長明の転身とそれ以後はそれほど共感されなかったのかもしれません。

もっとも、家長の日記に書かれていない、長明の最晩年については、また別の観点から考えなくてはなりません。『方丈記』の引用を交える『十訓抄《じっきんしょう》』の著者は、他にも何かの情報を持っていたのか、恨みによって出家した長明が、「深き恨みの心の闇」を「しるべ」として悟りを開いたと語っており（巻九・七）、源信の『往生要集《おうじょうようしゅう》』の「生死即涅槃《しょうじそくねはん》、煩悩即菩提《ぼんのうそくぼだい》」（迷いと悟りは一体の関係にあるという教え）の例としています。長明が心ひかれた人々と同様に、長明自身もめでたい往生人と想像されていたのでしょう。

㉚ 心静かに行動するために

境界《きょうがい》を離れんよりほかには、いかにしてか、乱《みだ》れやすき心をしずめん。

【現代語訳】 境界を離れなければ、いかにして、乱れやすい心を静めることができるでしょうか。

（『発心集』第一・五）

偽悪と奇行で知られる平安中期の遁世者の増賀《そうが》を語った文章の末尾の言葉です。この前に、

人にまじわる習《なら》い、高きに従いて、下《さが》れるをあわれむにつけても、身は他人《ひと》のものとなり、心は恩愛《おんあい》のために使わる。これ、この世の苦しみにあらず。出離《しゅつり》の大きなるさわりなり。

とあり、前項で扱ったものと内容的につながりがあります。

誰でも自分のこととして承知しているように、心はたいへん乱れやすいもので、これを静めるにはさまざまな努力が必要です。そのためにまず必要なのは、煩わしい環境を離れることです。

人は周囲の人々との関係において、競争原理にとらわれて自他の優劣に心を乱されたり、人の眼に映る自分の姿を思って、わが身を誇大に見せようとしたりしますが、増賀はそれを厭い、誤解を恐れず、というより、あえてそれを求めて独特な行動をとりました。それで人に嫌われ、世の中から孤立したかというと、なぜかむしろ逆の結果となり、彼の真意を人々はよく理解して尊敬の念をますます強め、それは彼の死後

も変わらなかったようです。

彼を崇拝した慶滋保胤《よししげのやすたね》は、早くから隠遁を志しましたが、家父長としての責任があって実現できず、子どもたちの成長を見届け、高年になってから出家を果たします。そしてまず、増賀のもとで学ぼうとして『摩訶止観《まかしかん》』の講義に臨んだものの、その冒頭の、

止観《しかん》の明静《みょうじょう》なること、前代未聞《ぜんだいみもん》。


に接して感激のあまりに号泣したといいます。

史実かどうか、必ずしも確かではありませんが、『発心集』の第二・三の「保胤（寂心）伝」の一節にそれが出ています。この言葉は、仏法の指し示す世界の明るく、静かなことは絶対的である、ということです。「静《じょう》」は雑念が払われ、純粋・清浄な境地。この句にそれと並置されている「明《みょう》」はすべてを認識し、明察することで、この両者を併せ持つことが理想的境地とされます。

なお、保胤《やすたね》はその号泣をとがめられて増賀から叱られ、折檻を受けますが、それが再度に及んだと語られています。三回目も号泣しますが、なぜか、増賀はその時に怒らず、もらい泣きを始め、互いが落ち着いてから、ようやく講義を開始したという結

なっています。

末で、増賀と寂心《じゃくしん》という有名な遁世者たちが一対になって登場する異色ある一篇に

ちなみに、保胤は、陰陽道《おんみょうどう》を管理する賀茂《かも》氏の出身です。陰陽については兄が後継者であったために、大学寮で学び、官僚貴族の道を志して才能を発揮しました。賀茂の神を祭る鴨《かも》氏の人であった長明とは家柄がやや違いますが、同じくカモを名乗るよしみを意識したためか、あるいは価値観などにおいて共通する古人として彼を尊敬していたためか、『方丈記』の中に保胤の『池亭記《ちていき》』にならった表現と思想が目立っていることが注目されています。

『池亭記』は念願の出家を果たせない保胤が、下流貴族としての勤務を続けたころ、帰宅して個人に戻ってからは、心静かに道心《どうしん》の赴くままに行動するさまが描かれています。自分のすまいとそこでの生活を「記」という形で残したという点で『池亭記』は『方丈記』と一致しており、また、保胤の『日本往生極楽記《にほんおうじょうごくらくき》』と長明の『発心集』は仏教に関わる人々の列伝という点で共通します。約二百年先輩に当たる保胤の生き方を継ぐ意識が長明に強かったのは確かでしょう。

㉛ 心を何によって静めるか

いわんや、和歌はよくことわりを極《きわ》むる道なれば、これに寄《よ》せて心を澄《す》まし、世の常なきを観《かん》ぜん。

【現代語訳】 それらにもまして、和歌は道理を極めるのに絶好の道なので、これに関心を寄せて心を澄ませ、この世の無常を見極めるのがよいのです。

(『発心集』第六・九)

長明の時代の多くの人にとって、和歌と仏教はともに心ひかれる大切なものでした。しかし、和歌は仏教で戒めの対象の一つになる綺語《きご》（空しく飾り立てる言葉）とも考えられていました。そこで、信仰を第一とすべき信念に生きる人にとっては、うかつに扱えないものでもあり、二つを両立させるために、さまざまな所説がありました。これもその一つです。

長明は早くより歌心《うたごころ》に目覚め、人生の難しい局面で歌に思いを解き放ち、他人にみずからの心境を理解してもらおうと努力してきました。対人関係において不器用だったらしい彼にとって和歌は、単に趣味娯楽に留まらず、生存のためにぜひ必要な手段だったと思われます。

この言葉は、音楽の名人がそれぞれ、楽器を奏でて雑念を払った故事を語った話の次の、和歌においても仏道修行に通じることがあるという例を引く中に出てくるものです。

宝日《ほうにち》という上人《しょうにん》は朝・昼・夜の三時の勤行《ごんぎょう》の代わりに、

朝　明けぬなり賀茂《かも》の河原《かわら》に千鳥《ちどり》鳴く今日もむなしく暮れんとすらん

昼　今日もまた午《うま》の貝こそ吹きにけり羊《ひつじ》の歩み近付きぬらん
夜　山里《やまざと》の夕暮の鐘《かね》の声ごとに今日も暮れぬと聞くぞ悲しき

をそれぞれの時に詠んで歳月の移ろいを観じました。その故事を語り、人の心の進み方はさまざまだから、和歌が修行になるのは、橋を架けたり、船頭として働くことで功徳を施すのと変わらないと述べ、「いわんや」と言ったものです。

もともと長明は琵琶の名手として知られ、歌人として活躍した人です。出家後も音楽と和歌は捨てずにいたことは『方丈記』の中でも明らかで、生きるのに必要最小限の物のみ持ち込んだ草庵の中に琵琶・琴もあれば、歌書・音楽論を皮籠《かわご》に納めて身辺に置いてもいたようです。

歌論『無名抄《むみょうしょう》』を書いたのは晩年、『方丈記』『発心集』とほぼ同時期と思われます。そうした中で、和歌を詠み、心が日常的雑念を去って澄みわたっていくのを覚える経験をつんでいったのでしょう。それによる実感に支えられて和歌の徳を説いているわけですが、これは当時の歌論の中によく出ている考え方です。

なお、長明は、この「いわんや」以下の文の次に、和歌を「綺語」として排して詠まなかった源信が、のちに考えを改めた話を紹介しています。源信は日本浄土教の基礎を築いた僧で、『発心集』の世界で特筆される先人です。早朝に比叡山の上から琵琶湖を遠望したときに、

世の中を何にたとえん朝ぼらけ漕《こ》ぎ行く船の跡《あと》の白波《しらなみ》

という、奈良時代の歌人・満沙弥《まんしゃみ》の歌（23頁にも引用）を連想、感動のあまりに「聖教《しょうぎょう》と和歌とは、はやく一つなりけり（仏法と和歌とは、実は別のものではない）」と述べ、後々、しかるべき折々に和歌を詠じたという内容です。

和歌や音楽を心の支えとして生きることを、当時「数寄《すき》」といいました。人との関係を慎み、月や花など自然美にあこがれるその生き方はおのずと精神の浄化につながり、名利《みょうり》を超えられるので仏道修行に通じるとも述べて、この章段の長明はなかなか力がこもっています。

死を間近に控えた彼にとって、心を何によっていかに静めるかは切実な問題だったからでしょう。

《鴨長明のキーワード ③ 心と詞》

鴨長明は『方丈記《ほうじょうき》』や『発心集《ほっしんしゅう》』の作者として仏道修行者の面がもっとも有名ですが、出家に先立って歌人としての活躍がきわだっていました。当時の歌人たちをとらえていた問題は、「心」と「詞《ことば》」がどう関わって和歌の世界が成立するかというテーマです。

歌人たちの規範だった『古今和歌集《こきんわかしゅう》』仮名序《かなじょ》には「やまと歌は、人の心を種《たね》として、よろずの言《こと》の葉《は》とぞなれりける」とあります。一方のみでは和歌が成立しない不可分なものであり、一方からもう一方が生まれるとも言い換えられる関係にあります。とすれば、互いに支え合い、調和していなければなりませんし、当然そうなっていると考えたいところです。

が、現実にはその逆であると気づいた意識的歌人たちの間でとまどいが生まれ、いろいろな議論が行われた上で、「心は詞《ことば》を殺し、言葉は心を殺すという。古人の詞なり。もっともと思うなり」(『心敬僧都庭訓《しんけいそうずていきん》』)という文章も残っています。

長明はそうしたことにもっとも意識的だった一人と思われますが、彼が『方丈記』や『発心集』で身と心の矛盾葛藤を論じ、心の不可解さをさまざまな角度から取り上げている背景に、こうした事情があったことを見ておく必要があります。

Ⅳ　死への思いのあれこれ

32

死への衝動をどう超えるか

住みわびぬいざさは越えん死出《しで》の山
さてだに親の跡《あと》を踏むべく

（『鴨長明集《かものちょうめいしゅう》』）

【現代語訳】 生きて行くのがつらくなったので、さあ、死出《しで》の山を越えて、あの世に行ってしまいましょう。そのような形で親の跡を辿ろうと思っています。

父親の死に際して絶望の思いを歌ったものです。父を人生の目標として仰いでいた立場で、今後どうしていいかわからず、死ぬほかないと思い詰めて、この歌を亡き父の知人の鴨輔光《かものすけみつ》という人物に贈ったと詞書《ことばがき》に記されています。

初句の「住みわびぬ」は『伊勢物語《いせものがたり》』五十九段にも見え、生き甲斐を見失った人がその思いを述べるのによく用いられた一種の合言葉のようです。長明は十代でいきなりこのように歌わなくてはならない立場を自覚しましたが、この歌の相手から、父親のように立派な人生をめざすよう勧められ、そのためだけでもなかったでしょうが、以後、四十数年を生き、歴史に名を残すことになります。

みずからに呼びかけた「いざさは」（さあ）という強い語調に死への衝動が並々でなかったことがうかがわれますが、このように歌うことによってその衝動を解き放ち、生きる力を取り戻したともいえそうです。

「死出《しで》の山」は死後に越えねばならない山で、晩年の『方丈記』にも出てきます。生と死の二つの世界に思いをめぐらせたとき、彼はこれを連想してどんな風景をイメージしたことでしょう。

❸❸ 人はどこから来て、どこへ行くか

知らず、生まれ、死ぬる人、いずかたより来たりて、いずかたへか、去る。

【現代語訳】一体、この世に生まれ、そして、死ぬ人は、どこから来て、どこに去っていくのでしょうか。それがわかりません。

（『方丈記《ほうじょうき》』）

『方丈記』の冒頭近くに記された一文です。長明はこの本で、「ゆく河」に事寄せて人とすみかのはかなさを述べ、人の命のはかなさは水の泡ができては消えるのと同じようなものだとし、その次にこの文を書いています。この世に存在する個々の人間がどこから来て、どこに行くのかという根源的問題に触れる一節です。

人間一般について、また、自分自身について、こうした疑問を持つのは、古今や洋の東西を問わず、多少とも意識的に生きるものにとってはごく普通のことでしょうが、それが非凡な表現と結びつくと、ただならぬ印象を人に与えることになります。たとえば、「我々はどこから来たのか、我々は何者か、我々はどこへ行くのか」と題された近代フランスの画家ポール・ゴーギャンの絵が思い出されます。彼が十代の少年時代に神学校の課題問答に触発されたものといわれます。後年、彼はキリスト教神学に背いていきましたが、苦悩の果てにタヒチに居を移し、自殺を考えつつ、この問いによる大作を描き、それが彼の代表作となりました。絵には女性を中心とするさまざまな姿態の群像が見え、人生の各局面を示しています。ゴーギャンはこれを描いた後に自殺を図りますが失敗、六年後に没しました。

遥か後世の外国人であるゴーギャンは、もちろん、長明と直接の関係は何もありませんが、『方丈記』の成立事情を考える上で一つのヒントになりそうです。長明も彼のように、死が目前に迫る中で、それがどこへの移動を意味するかわからないことにとまどい、にもかかわらず一方で死にひかれる気分が心の中に広がっていたのではないかと思われてくるからです。

すでに見たように、若き日の長明には自殺への衝動が顕著でした。彼はそれに身を任せることなく老境に達し、今や、死は間もなく実現するものになっていました。その立場による気構えを持って、彼はじっくりと死を見つめますが、それがどこへの出発なのかまだわからない、と書いています。

当時の人々にとって、いわゆる輪廻転生《りんねてんしょう》思想は通念ともいうべきものであって、永遠に死と生を繰り返すのが定めであり、そこから離脱し、解放されるために努力するのが、あるべき人生のかたちでした。長明にもそれが無縁でないことは『方丈記』の末尾に明らかですが、取り上げた言葉の死と生への発問にはその通念に寄りそって納得しようとする気配がありません。そのあたりの率直さにわれわれは親しみを覚えるのです。

なお、この言葉の「生まれ、死ぬる」は普通、ひと続きに読むならわしになっていますが、いったん区切って読むべきとする説もあります。たしかに、そのほうが、生と死への長明の思いが迫ってくるので、私はこの説を採用したいと思います。「生まれて、（生きて）そして、死ぬ」と読み、生誕と死去の中間に存在する人生の質感を確かめた上で、先立つ時間と後続する運命とにひとしく思いをいたし、そこに根源的疑問を発して『方丈記』の世界が幕を開けているのだと思います。

「生まれ、死ぬる」について、さらに考えると、その背景に、空海のあまりにも有名な次の名言が思い出されます。

生《うま》れ生《うま》れ生《うま》れ生《うま》れて生《せい》の始《はじ》めに暗《くら》く
死《し》に死《し》に死《し》に死《し》んで死《し》の終《おわ》りに冥《くら》し　（『秘蔵宝鑰《ひぞうほうやく》』）

これも、要所要所で切って味わいたい文章かもしれませんが、ひとまず句読点は省略しておきます。空海は迷える者の生と死への無知を名著の冒頭でこのように説いているのですが、長明はこれによっているのかと思われます。

34 愛する人のために死ねるか

さりがたき妻《め》、夫《おとこ》持ちたる者《もの》は、その思いまさりて深《ふか》き者《もの》、必ず先立《さきだ》ちて死ぬ。

(『方丈記』)

【現代語訳】 離れがたい妻や夫を持つ者は、その愛する思いのより深いほうが、必ず先立って死ぬものです。

養和《ようわ》の飢饉《ききん》の記述の中の印象深い一節です。

食糧その他、物資が乏しくなった限界状況の中でのあさましい人間の姿を述べた後で、それと対照的な、感動させられる情景もあったということで紹介される挿話です。

右の一節の前には「いとあわれなることも侍《はべ》りき」の一文があり、そこで使われている「も」は読者の感動を誘って、かなりインパクトが強いでしょう。そして、文末の「き」には、それをまさしくこの目で見たという事実を強調したい長明の気持ちが端的に示されて印象深いものがあります。

「必ず先立《さきだ》ちて死ぬ」に、「き」「けり」のような過去を示す語がないのは、一回限りの経験ではなく、いつの世にも一般化できる事実として書いていることの現れです。完了の助動詞などと呼ばれる「ぬ」には、常にそのようなものである、という一般的原理原則を述べる機能があります。『平家物語』冒頭の有名な「たけき者もついにはほろびぬ」の文末がその用例です。「先立ちて死ぬ」の「ぬ」は動詞の活用語尾だから、厳密に言うとこれと違いますが、似た印象を与えます。

長明もここで、そういう理解できっぱりと、愛情ゆえに身を犠牲にする人の心の悲しさないし美しさを述べているようにみえます。自分にはこのような対象が不在であり、一面では、その孤独ゆえに長らえてきたと思わないではいられない寂しさが漂っているようでもあります。

ちなみに、養和《ようわ》の飢饉《ききん》に前後する時代の彼は、家族との離別に向けて、個人的に危機を迎えつつあったと思われます。先に触れた（78～79頁参照）、

そむくべき憂《う》き世《よ》にまどう心かな子を思う道はあわれなりけり

はその頃の作です。

愛する者のために死を厭わない人情に触れるこの文章は、「子を思う道」にとどまった往年の自分への回想と不可分の関係にあるでしょう。他者についての具体的記憶に結びついているらしいこの感動的文章は、読者の側の記憶をさまざまに呼び覚ますはずです。

その一方では、これと逆の事実についても同様のことがいえるでしょう。たとえば、吉村昭『関東大震災』（六　本所被服廠跡・三万八千名の死者）に、後方から迫る火

勢を免れるために逃走する子ども連れの夫婦について、転倒した子を母親が抱き上げようとするのを、父親が強引に妨げ、子を置き去りにしたという目撃証言が紹介されていますが、太平洋戦争の回想などにも類例が多く、こうした例は誰でもただちに思い出せるでしょう。

自己犠牲と自己保全とが、愛情と関係しつつ、限界状況の中でさまざまな劇的場面の元となり、死を招く人がいる一方で、したたかに生き延びる者もいます。人間性がそのどちらにより多く根ざしているかは単純には割り切れません。本能的なとっさの行動と、多少とも自意識を取り戻す余裕があるときのそれとでは、同一人物でも相当に違ってくるでしょうし、その場に他者がいるかいないかなどの条件次第で人の行動は変わってくるはずでもあります。

そうした複雑な現実にとらわれず、自己犠牲の美しさに焦点を当てて、愛する者を持つゆえの人の死の美しさを「必ず」と力強く指し示す長明の筆には万感のこもった気配があり、心に迫ってきます。

㉟ 四季の移ろいに死をイメージする

春は藤波《ふじなみ》を見る。紫雲《しうん》のごとくして西方《さいほう》に匂《にお》う。夏はほととぎすを聞く。語らうごとに、死出《しで》の山路《やまじ》を契《ちぎ》る。秋はひぐらしの声、耳に満てり。うつせみの世をかなしむほどに聞こゆ。冬は雪をあわれぶ。積り消ゆるさま、罪障《ざいしょう》にたとえつべし。

【現代語訳】 春は波立つように豊かな藤の花を見ると、紫の雲のように西方に美しく映えています。夏はほととぎすの声を聞き、これと語り合うたびに、死への道案内の約束をします。秋はひぐらしの声が耳に響き、はかないこの世を悲しむかと思うほどに鳴きます。冬は雪に心ひかれ、雪の積もり消えるさまは、人の犯す罪障にたとえられるでしょう。

（『方丈記』）

出家から五年後に日野《ひの》の草庵に落ち着いた長明は、新しい環境を自分なりに意味づけ、整えて、風景に向き合おうとしました。それを要約する文章が『方丈記』に見え、四季の流れにそって右のように簡潔に書かれています。

まず冒頭の春の部分。晩春には、藤の花が房をなして地上に垂れ、揺らいでいるさまを波にたとえて「藤波《ふじなみ》」といいます。それが西方に見え、視界に紫色が広がるとき、彼はおのずと極楽往生を連想しないわけにいきません。めでたく極楽に迎えられることになった者の臨終の折りには、紫の雲に乗って仏たちが現れるとされたからです。

長明の『発心集《ほっしんしゅう》』第三・六に、難波《なにわ》の海に身を投げた女性が描かれていますが、そのようすを目撃した者の証言として「沖《おき》の方に、紫の雲立《た》ちたりつる」とあり、その前に「こうばしき匂いあり」ともあって、紫雲は彼女が往生した証拠となっています。往生説話の一つです。こうしたことにもとづいて長明は、藤波にみずからの往生の前兆を感じとろうと願ったのでしょう。

続く夏について、長明ほととぎすに触れています。この鳥は夜や曇天に哀調を帯びた声で鳴きます。その印象によって死の世界への道案内をすると考えられていました。死への道にいかなるものが待ち受けているか、仏が導いてくれるという期待だけでは安心できない人は、初夏に都にやってくるほととぎすと交信して不安を少しでも解消しようとしたようです。そのためもあって、ほととぎすは人々の注意を集め、よく歌われました。たとえば、『古今和歌集』夏の部の歌三十四首のうち、実に二十八首がこの鳥を歌ったものです。

藤波《ふじなみ》が呼び覚ます極楽と、ほととぎすの声にちなむいわゆる「死出《しで》の山」とは、死のイメージに関するものとしては共通しますが、背景になっている思想はまったく別々です。したがって、この二つは必ずしも整合しませんが、長明は当時の多くの人々とともに、他の風物への思いも交えて死のイメージを自分なりに形成して死への心づもりを用意していったのです。

秋はひぐらしの声を取り上げ、それについて「耳に満てり」としています。閉ざされた山中の住まいですから、たしかにこのように聞こえたことでしょう。これも一段と哀感をかき立てる音であり、ひぐらしの短命を思いつつ聞くと、死への思いは一段と深くなります。

冬についてはその純白の美しさにではなく、雪の積もり消えるさまに注目していま す。

紀貫之《きのつらゆき》の、仏名会《ぶつみょうえ》（仏の名を唱えながら罪障を懺悔する歳末の行事）に寄せる歌、

年のうちに積もれる罪はかきくらし降る白雪《しらゆき》とともに消えなん（『拾遺和歌集』）

（この一年に犯した罪は身に積もっていますが、暗い視界に降り続く白雪がやがて消えるとき、それとともに、消滅してほしいものです。）

によっています。歳末の思いはおのずと終焉に連想を誘うものなので、ここも死のイメージと重なるように思われます。

『方丈記』で長明は過去を振り返って数々の災害体験を記してきましたが、日野《ひの》の生活に触れるところになると、記事は一転して、迫りつつあった死への思いに傾斜していきます。その際にまず彼は、草庵生活で日常的に経験できる四季折々の景物に事寄せて書き始めたのでした。その内容は歌人としての彼の感性と教養に裏打ちされたもので、叙情的筆致はなかなかのものです。

㊱ 人生について自問自答し、沈黙する

そもそも、一期《いちご》の月影《つきかげ》かたぶきて、余算《よさん》の山の端《は》に近し。たちまちに三途《さんず》の闇《やみ》に向かわんとす。何のわざをか、かこたんとする。

（『方丈記』）

【現代語訳】 あらためて思うにつけて、私の一生は、月が山の端に沈む前と似て、すでに死が迫り、まもなくあの世に向かう身なのです。そんな時に、何事について思いを述べようというのでしょうか。

長明は『方丈記』の中で、みずからの体験を述べ、山中の方丈の草庵でひとり過ごす日々の充実を謳いあげ、読者を説得していきますが、末尾近くなって、その彼の内部からもう一人の長明が現れて問いを発します。今や死を身近に控えたお前が、何をしているのか、というのです。

格調高い文章の中に展開してきた長明の人生哲学が、作者みずからの意志によって突然、それを否定する方向に流れていくわけですが、その切り換えの合図ともいうべき発語「そもそも（抑々）」の響きは唐突で、しかも、実に重く感じられます。

長明の内部では、問う彼と問われる彼との対決が始まり、それに伴う緊張感が文章に感じられます。対決のきっかけは人生の残り時間の短さへの自覚です。彼はすでに六十歳に達していました。当時の年齢についての通念からすれば、極めて例外的な長命を保って生きてきたものの、もはや余命いくばくもない立場にあると思わないわけにいきません。結果的には、彼の死はこの二年後ですが、死への予感は折々感じていたことでしょう。仮にそれがなくても、人生のはかなさを作品の冒頭で「水の泡」にたとえた本人が、心のどかに草庵の生活を謳歌できるはずがありません。

それに気づいたために、長明の内部に、もう一人の自己が現れ、畳みかけるように、次々に問いを発し続けます。間もなく死ぬ身なのに、なぜあれこれと弁明をするのか。草庵生活について述べてきたのは、仏の戒める執心の現れではないかなどなど。しかし、はかばかしい答えは返ってきませんでした。

この二人の長明の対し方が、相次ぐ鋭い質問と沈黙に終始し、一方的だったことについて、作者自身は最後に、

その時、心、さらに答《こた》うることなし。ただ、かたわらに舌根《ぜっこん》を雇《やと》いて、不請阿《ふしょうあ》弥陀仏《みだぶつ》、両三遍《りょうさんべん》申して止みぬ。

としめくくって作品を閉じています。

「さらに」は全くの意で否定を強調する語です。長明は、みずからの問いに対してなすすべもなく、沈黙するのみだったのです。やむなく長明は、答える代わりに念仏を唱えますが、それも舌の力を借りてようやく二、三遍唱えただけで、内発的なものとはならなかったようです。

ここの「不請《ふしょう》」の解釈については諸説があって、長明の真意は読者によって受け

止め方が分かれますし、意外に見える結末は執筆当初からの構想によるのか、作者自身にとっても意外な結末なのか、はっきりしません。私としては、みずからをそこに追い込んでいく姿を見せて生きることの難しさを読者に説こうと企ててこのように書いたのであろうと考えています。そして、その源泉に、『伊勢物語』の結末を想定したいとも思っています。この作品の主人公は、言葉の力で他者と関わりつつ人生を送り、結局、孤独をかみしめながら、言葉を捨てようとし、

思うこと言わでぞただにやみぬべき我とひとしき人しなければ

(思うことを言わずにこのまま黙って死のうかと思います。解り合える人などいないので。)

と歌って、まもなく死んだように語られています。彼には救済を請える仏などいないようになっていて、そこが長明との決定的な差です。

それを意識したのかどうか、長明は、『方丈記』の末尾で沈黙するしかないものとして扱った心がどのような動きを示すものかについて、また、心のあり方を導くものとされた仏への対し方などについて、最晩年に『発心集』を書くことになります。

37 ひたすら往生を信じて

功積《こうつ》めることなけれども、一筋《ひとすじ》にたのみ奉《たてまつ》る心深ければ、往生《おうじょう》す。

（『発心集《ほっしんしゅう》』第三・四）

【現代語訳】往生《おうじょう》の因《いん》となるようなことは何もしてこなくとも、ひたすら仏におすがりする心が深ければ、往生するのです。

それまで殺生《せっしょう》を重ねて人に恐れられていた悪人が、説法を聞き、突然目覚めた道《どう》心《しん》によって極楽往生《ごくらくおうじょう》するまでを語る話の、最後に添えられた評語です。

この話は、『今昔物語集』（巻十九・十四）などいくつかの説話集にも載っていて、都を遠く離れた地で起こった事件を扱っているのに、よく知られ、長く語り継がれたようです。

舞台は都を遠く離れた讃岐《さぬき》つまり、今の香川県の地です。源大夫《げんだゆう》と呼ばれる主人公の身分は武士、それも、粗野で仏法《ぶっぽう》の名も知らない悪人です。その彼が、狩の帰り道に通りかかった所で行われている法会《ほうえ》に、ふと関心を持って立ち寄り、極楽往生のためには西を目指すべしと聞いて、心ひかれるまま直ちに剃髪《ていはつ》し、僧衣に身を替えて西に向かいます。念仏を唱えながら進むうちに海際にある岩に至り、そこで仏の返事を海中から聞き、まもなく死にますが、その口には蓮花《れんげ》が咲き、それによって人々は彼の極楽往生を知りました。

『今昔物語集』はこれについて、「世の末《すえ》なるとも、まことの心を発《おこ》せば、かく貴《とうと》きこともあるなりけりとなん語り伝えたるとや」としめくくっており、発心《ほっしん》と往生が直結するという教えにもとづく展開は『発心集』とまったく同じです。

この主人公が極悪人であり、彼の往生の機縁を作ってやった僧が特に立派な人らしいということもなく、聖職者としてむしろ平凡な印象になっているため、この二人を結び、また悪人の往生を可能にさせた仏法の大いなる力がきわだって迫ってきます。悪人こそが仏の救済対象であると説く鎌倉新仏教の法然《ほうねん》・親鸞《しんらん》らの教えの源流に位置づけられる話です。

『今昔物語集』には色までは触れられてありませんが、『発心集』によると、念仏しつつ死んだ源大夫の口から咲き出た蓮花は青く、それによる人々の感動は格別で、礼拝の対象となり、国司《こくし》に、さらに国司から宇治殿藤原頼通《うじどのふじわらのよりみち》に献上されたとあります。頼通の建立した宇治の平等院《びょうどういん》にそれが納められたことを暗示する結末です。この平等院はこの世で極楽を実感させる所とされていました。ここの宝蔵には数々の聖なる遺品が安置されていたと伝わりますので、この青い蓮の花もそのような扱いを受けたのではないかと思います。

長明はどこでこの話に接したのかわかりませんが、常に納得のゆくまで問題の本質を問い続け、その半面で「一筋にたのむ」ことがなかなかできなかった彼が、源大夫に何を感じたか、知りたいものです。

源大夫は仏法帰依《ぶっぽうきえ》の心が皆無だったのに突然目覚め、それに伴う行動に集中、死を厭いませんでした。その行動は極めて単純で、仏を呼び求め、返事を待つという、ただそれだけでした。そして、身体はこれに連動して西へ西へと歩行、というより、疾走していった趣です。

舞台となった讃岐は瀬戸内海に面しており、そこで西を目指せば、間もなく海に至り、前進できなくなります。源大夫はやがて行き詰まりますが、くじけずに念仏を続けました。その結果、彼は念願を果たし、「海の西」（『今昔物語集』では「海の中」）からの仏の返事を聞くことになります。

その劇的結末は、問答や思索、修行などを久しく続けて老境にいたった長明からすると、思いがけない展開だったはずで、それは、あれこれと考えあぐね、積極的行動を先送りしがちなわれわれ現代人の多くにとっても同じだと思います。

㊳ どこでどう死ぬかを思う

病《やま》いなくて死なんばかりこそ、臨終正念《りんじゅうしょうねん》ならめ。

【現代語訳】　病によらずに死ぬことだけが、臨終の心を正しく保つ道でしょう。

（『発心集』第三・五）

人間の心は極めて不安定なものです。その心を正しく安定させて死ぬことが、望ましい死後を保障してくれるとすれば、病気で乱れた心のままに死ぬよりも、健全な状態でみずからの意志にもとづく死のほうが安全といえるかもしれません。

そのように思いつつ、死の手段の中で、できるだけ苦痛が少なく、死体の損傷や変化が少ないものを選択したいと考えるのは人情の常ともいえます。『発心集《ほっしんしゅう》』のこの話はそれを前提としています。

讃岐《さぬき》の三位《さんみ》と呼ばれた、特定するのは難しいようですが、それなりに高名らしい人の話です。ややもすると死に伴う恐怖感や不安を超えた立派な人々の美談が多い仏教説話の中で、われわれの共感を誘う話題といえます。

この背景には、すさまじい臨終の苦痛に伴う立派な人の乱れた死に方の例が意外に多かったことがあるようです。長明はそれらを無視することができず、この三位のような思いを紹介して自分の死生観をさりげなく表そうとしています。

さて、三位はどうしたでしょうか。彼は自分が健在なうちにこの世を去れば、自己管理がままならなくなってからよりは落ち着いた臨終を迎えられるだろうと思い、みずから死に方を選択し、しかも、それに意義を持たせようとして「身灯《しんとう》」、つまり、肉体を灯火として仏の供養に供しようとしました。焼身自殺です。そのために、赤く熱した鍬《くわ》を両脇に挟んで試みると、肉の焼けるさまはすさまじいものの、なんとか耐えられそうな気がします。

その実感を確かめて、さて本番に臨もうとしてまた迷いが起こり、生きたままで仏の世界に移動できる方法として、補陀落渡海《ふだらくとかい》を選びました。南方海上、観音菩薩の支配する補陀落山のある島への出航です。

この話には船についての説明がありませんが、これに用いられる船は密封された船室があり、渡海する者はその中に座して断食《だんじき》、目的地に着くことなく死に至ることになっており、事実上、緩慢な自殺にほかならないし、時間がかかるだけ苦痛の度合いも計り知れないものだったはずです。しかし、そのさまは伝わらないので静かな臨終を迎えることができそうな幻想が広まったのか、平安中期から中世にかけて紀伊、土佐などの各地でこの実践例が続き、人々の心を捉えました。

長明は讃岐の三位の渡海について、

これを、時の人、こころざしの至り、浅からず、必ず参りぬらんとぞ、おしはかりける。

として、特に独自の解説を行っていませんが、次の段で、娘に先立たれた女性が四天《して》王寺《のう》詣《じもうで》をして難波《なにわ》の海に入水《じゅすい》し往生する話を紹介しています。水と死の結びつきに並々ならぬ関心を持っていたことの表れでしょう。

彼は、『方丈記』の冒頭で「ゆく河の流れは」と説き起こしているように、川にひかれる感性を豊かに持った人だったようですから、水死について独自の想像力を働かせることもあったはずです。水死を美化する物語も古来少なくありませんし、身投げをうたった知人（飛鳥井《あすかい》雅経《まさつね》。83頁参照）もいたことからすれば、それらによってますます水と死に思いをめぐらす機会の多かった長明の『発心集』に、水死をめぐる話が出てくるのは当然です。

とすれば、この言葉は、短くさりげないものですが、その背景や精神伝統にはさまざまな話題が付随しているであろうと思われます。

㊴ 入水往生を思う

しかるを、人の、水をやすきことと思えるは、いまだ、水の人殺すさまを知らぬなり。

【現代語訳】 しかしながら、人が、入水《じゅすい》をたやすいことと思っているのは、水がどのように人を殺すかを知らないからです。

（『発心集』第三・八）

入水往生《じゅすいおうじょう》を遂げようとして、水に入る瞬間にためらいが起こって往生できなかった蓮華城《れんげじょう》という人の話に添えた、別のある聖《ひじり》の談話の一部です。蓮華城は、「蓮華浄」の表記で入水のことが当時の記録に記されています。「浄」は「聖」と同じで「ひじり」への当て字と思われます。

この人は、この入水をめぐって人々が話し合っている席に立ち会って、皆が入水について軽々しく話題にしているのに抵抗を感じて、異議を述べたくなったのでしょう。入水を試みて挫折したことがあるわけではなく、何かのはずみで溺れたときの体験に根ざして、「地獄の苦しみ」にもなぞらえられる辛さを述べたようです。

数ある自殺の手段の中で、水によるものを、より安らかなものと誤解する人が多いのを批判しての言ですが、長明もそうした一人であったとすれば、その彼にかなりの衝撃を与えた発言でしょう。

しかし、あるいは、この聖が長明本人だったとすれば、われわれがこの言葉から受ける印象は一変します。

はたして、どちらが事実か確かめる手段はありませんが気になるところです。

40 終わりがあることを常に心せよ

大方《おおかた》、人の死ぬるありさま、あわれに悲しきこと多かり。物の心あらん人は、常に終わりを心にかけつつ、苦しみ少なくして、善《ぜん》知識《ちしき》に会わんことを仏菩薩《ぶつぼさつ》に祈り奉《たてまつ》るべし。

【現代語訳】 一体、人が死ぬようすは、あわれ深く悲しいことが多いものです。心ある人は、常に自分の死を心にかけて、苦しみを少なくして、善知識（仏の正しい道理を教えてくれる人）に会うことを仏菩薩に祈るべきです。

（『発心集』第四・八）

人が死ぬ時はあわれで悲しいことが多いと現代語に言い換え、それで直ちに了解した気分になれそうですが、古語の「あわれ」も「かなし」も現代語のそれらと意味がかなり違います。

前者は喜怒哀楽などの感情に付けて、ため息をつくほかないような、せっぱつまった状態について使う言葉であり、切実感は相当に深いのです。一方の「かなし」は現在はもっぱら悲哀の感情を指しますが、古語の「かなし」は不可能、困難などの実感が基盤になっているようで、語源は「かねる」の古形「かぬ」（……ができない、……が難しい）とされています。

つまり、人が死に臨んだとき、本人のというより、人すべての問題として、生の有限性というどうしようもない現実に直面して無力を感じ、残されたわずかな時間のなかでじたばたするほかありません。

しかし、それに伴う思いと行動はそれに先立つ人生で構築してきたもののありようによって、人それぞれ千差万別でもあります。死にゆく誰かのようすから、その人のそれまでの生き方が想像されたり、また、どのような人であるかについて思い込んでいたものが、よかれあしかれ、多分に錯覚か誤解であったらしいと知ったりすることもよくあります。

それは他人にとっても自分にとっても同じでしょう。中世文学の中にはそうした実例が実に多く、それらが多種多様に描かれています。死を「自然のこと」と呼びならわしていたことから類推すると、生き続けることを「不自然」と思っていたかのような中世人の意識からすれば、それは当たり前のことというべきでしょう。

たとえば、『平家物語』には、七十余人の人物の固有の死に方が描き分けられています。彼らはそれぞれ、最期の場面でそれまでの生のかたちを浮き彫りにされています。本人にその自覚があった者もあれば、その余裕もなく、結果的にそうすることになってしまった人もいます。数からいえばそのほうが多いでしょう。彼らはみずからの死に方を教訓材料として残し、その上で世を去ったわけですが、半面、その背後や周辺に一括記述されている死者たちもいることを併せ考えると、物語にどれほど多くの死が取り上げられているか計り知れないほどです。

『発心集』もこうした作品の一つで、読後の印象が消えない多くの人々の死が取り上げられています。第四・八に扱われているのは、「年ごろ、相知る人」、つまり、長年にわたる知人、ことによると、長明が音楽の師として仰いだ中原有安《なかはらのありやす》という人物の思い出かと思われるふしもあります。

彼は先立って妻が死んでしまっていたため、自分の死後に娘が無事に生きていけるかどうか案じつつ死ぬことになりました。その事態の中で彼は娘のために遺言を書きますが、体力が尽きかけていたので判読に堪える文字が書けず、自分の遺志が伝わることのないままに死んでいきます。

たまたま遠方にいてその人の死に目に会えなかった長明は後日、夢で彼に再会します。相手はそれを喜びますが何も語らず、当初は鮮やかだった姿が徐々に薄くなっていき、ついに煙のように消えてしまいました。長明はそれを紹介、一呼吸置いて「大《おお》方《かた》、……」と説き起こしたわけです。

伝承されてきたことではなく、身近な人をめぐるおぼつかない話題であるためにかえって迫ってくるものがあります。これを遠い昔の他人事として読み捨てることができる人は少ないのではないでしょうか。

41 死を自覚しているか

しかあれど、目の前に無常を見ながら、日々に死期《しご》の近付くことを恐れぬことは、智者《ちしゃ》もなし、賢人《けんじん》もなし。

【現代語訳】　そうではあるが、無常をまのあたりにして、日々、死が近付くのを恐れない愚かしさにおいては、智者とか賢人といった区別はありません。皆、同じです。

（『発心集』第六・十三）

ある聖《ひじり》がたまたま北丹波《きたたんば》の山奥で高齢の尼と遭遇、彼女から聞いた述懐を紹介する長い章段の一節です。この記事は鎌倉中期の僧無住《むじゅう》が著した『雑談集《ぞうたんしゅう》』にも出ているので、よく流布したものかと思われます。

この尼は上東門院《じょうとうもんいん》に仕えた人とあります。上東門院は藤原道長《ふじわらのみちなが》の子、一条《いちじょう》天皇の皇后で、紫式部《むらさきしきぶ》が仕えたのもこの人ですから、尼は式部の同僚に当たります。上東門院は帝位を継ぐ三人の男子を産み、天皇死後も長命を保ちましたが、この尼はもう一人の仲間とともに御所《ごしょ》を離れて遁世《とんせい》の身となり、四十年ほどが経っていました。『栄華物語《えいがものがたり》』に描かれた史上空前の最高の満ち足りた世界にありながらそこを離れたのには、深い動機があったはずで、読者はそれを思い描き、もう一方では紫式部のことにも連想を馳せて、彼女の語りに格別耳を傾けることになったのではないでしょうか。

その語りは各方面に広がっていますが、この言葉は、人類と動物を能力の優劣によって比較する文章を受けています。人間は動物に能力ではるかに勝り、動物を使い、また、それを犠牲にして生活を営み、鉱物を活用することもできますが、それほど賢く、今の言葉で言えば、万物の霊長と位置づけられる人間の中で、さらに智者とか賢人と呼ばれて特に卓越している者も、死への自覚の欠如という点では極めて愚かであると言っているのです。

「恐れぬ」というのは、無視あるいは忘却していると言い換えるほうがわかりやすく、誤解がないと思われます。人は自分の身に迫ったときに初めて死を恐れますが、通常はそれを忘れてのどかにしていることが多いわけです。その点では、無知な動物も智者・賢人もたしかに大して変わりがありません。

上東門院の時代は中世から見ると、四百年近く続いた王朝時代の中でももっとも各界の人材の豊富な全盛期とされました。長明の同世代の高僧慈円《じえん》は、厭わしい現代とは対照的なその時代に自分も生まれ合わせたかったと『愚管抄《ぐかんしょう》』で述べており、それは長明も共感するところだったはずです。しかし、その理想的な時代ですら心ある人の厳しい目には、そのように見なされたかと、彼はあらためてびっくりさせられたはずです。

その時代の中で、現世を否定、死の到来をたえず意識し、死後の世界に常に思いをいたして殊勝な生き方を続けて極楽往生をしたと信じられた人々もいました。彼らの伝記を列挙した本も数々書かれており、『発心集』にも深い影響を与えています。長明にはそれらを尊重し、敬慕する念があったために、死ないし死に際への思いを述べた文章を多く書いているわけです。

ついでながら紹介しておきますと、長明を継いだかと思われがちな鎌倉末期の『徒然草《つれづれぐさ》』は、死をめぐる話題において、『発心集』とはかなり違った姿勢を見せており、往生伝の語る奇蹟についての批判らしい、

ただしずかにして乱れずと言わば心にくかるべきを、愚かなる人は、あやしく異なる相を語り付け、言いし言葉もふるまいも、おのれが好む方《かた》にほめなすこそ、その人の日頃の本意《ほい》にもあらずやと覚《おぼ》ゆれ。

などという文章も見られ、往生したと思われる人をもてはやす文章の死生観に兼好《けんこう》は批判的のようです。彼はその一方で、死についての日常的自覚の必要も繰り返し説いており、往生の証拠となるような奇跡を伴う死に方を信じず、また、望まずに、いわば自然体で静かに死を受け入れようとしていたのでしょう。

㊷ 思いを死後の世界に移すために

世間《せけん》の美景《びけい》、捨てがたきこと多かり。まして、浄土《じょうど》の飾《かざ》り、いかに風情《ふぜい》多からん。

【現代語訳】この世の美しい景観には捨てがたいことが多くあります。それにもまして、極楽浄土の装飾は、どれほど風情があるか計り知れません。

（『発心集』第七・五）

ある学識豊かな博士がこの世の風物に未練を残したまま死に臨み、それが往生の支障になっていると思われたので、その臨終に立ち会った僧が、彼の思いを極楽に切り替えさせようとして発した言葉です。

経典などに極楽のようすが詳しく述べられているのに、それにもとづいた文章を自分が書く機会を持たなかったことをその僧から博士は指摘されます。そこで、彼はまもなく赴く極楽に思いを移し、想像をめぐらしているうちに、現世から意識が徐々に離れて無事に往生したという結末です。機転を利かせたこの僧によって、博士は救われたと想像され、とても後味のいい話です。

この博士は慶滋保胤《よししげのやすたね》とも伝わるけれど、彼は臨終にこのような迷いが生まれるような人ではないと、作者長明は主人公の名についての一説を紹介、その上で否定しています。彼にとって保胤はもっとも重要な先達の一人だったので、彼のために弁明しないではいられなかったのでしょう。では誰の話であるかについて、長明は何も書いていませんが、後の『十訓抄《じっきんしょう》』巻十・五二によると、菅原道真《すがわらのみちざね》の子、文時《ふみとき》の話として伝わっていたようです。彼は平安時代屈指の名文章家として知られる人物です。

それが事実とすれば、保胤はその弟子に当たるので、その縁で誤伝が発生したのかもしれませんが、『拾遺往生伝《しゅういおうじょうでん》』に紹介されているある人の夢によると、保胤（寂心《じゃくしん》）は一旦往生したものの、現世の衆生のことが気にかかり、再びこの世に戻ってきたと言います。慈悲心の旺盛だった彼の人徳を偲ばせる逸話です。

保胤は『方丈記』の典拠となった『池亭記《ちていき》』を在俗時に書き、出家後には『日本往生極楽記《にほんおうじょうごくらくき》』の著者としてわが国の浄土教を導いた人です。その知人だった比叡山横川《よかわ》の源信《げんしん》とともに、日本の往生極楽思想の発展に計り知れない影響を与えました。

なお、その影響をいち早く受けて平安中期に造営された宇治平等院は当時の人々の極楽浄土への想像力を示すもので、極楽を知りたい者はこれを見るとよいなどといわれる見事な出来栄えを見せ、現代にもなお残っていますが、造営した藤原頼通《ふじわらのよりみち》自身は、これに心ひかれたまま死んだために、極楽に行けず、死後も永く思いが宇治に留まったという言い伝えがあったようです。これは鎌倉初期の『古事談《こじだん》』に見える話で、長明も読んでいたことと思います。彼は自分にも近づきつつあった死を意識しながら、こうした話から数々の教訓を得たことでしょう。

『方丈記』によれば、長明は晩年に日野《ひの》の草庵にひとりで暮らし、周囲の風光をいわばひとり占めし、気の向くままにしばしば遠方にも出向いていたようですが、その経験と記憶に根ざした「美景」への思いは相当に深かったはずです。それをどのように扱いつつ徐々に思いを死後の世界に移していくか、また、それが可能か否か、悩まなかったはずはないと思います。

そうした問題意識の結果か、最晩年の彼は、地上から思いを解き放ち、月を讃嘆しつつこの世を離れようと思い立って、その願文《がんもん》の作成を知人の禅寂《ぜんじゃく》（俗名日野長親《ひのながちか》。長明が晩年日野に住んだのはこの人との縁によります）に依頼し、その完成を見る前に世を去りました。

死後に禅寂から届けられたその文章は現存しますが、それを見ることなく終わった長明の最期がどういうものであったか、その死の床にある彼に、この段で「世間の美景、……」と死にゆく人を諭したような人がいたかどうか気になりますが、残念ながら長明の臨終のさまは不明です。

《鴨長明のキーワード ④ 往生伝》

中世文学には人々の死について取り上げている作品が多く、『平家物語』などはその代表です。主要人物の死に方が、それまでの生き方の帰結として語られているのですが、そうした生と死、および死後を一連のものとして取り上げたものとして、平安時代に書かれた「往生伝《おうじょうでん》」というジャンルがあります。

慶滋保胤《よししげのやすたね》の『日本往生極楽記《にほんおうじょうごくらくき》』をはじめとして、日本浄土教の展開の中で続々と書かれました。

往生を目指してそれを実現した僧俗男女《そうぞくなんにょ》の略伝を漢文で書いたもので、文学的表現として書かれたわけではないので、長く読み継がれるには至りませんでしたが、『今昔物語集《こんじゃくものがたりしゅう》』『宇治《うじ》拾遺物語《しゅういものがたり》』『発心集《ほっしんしゅう》』その他、説話集を中心としてこれの影響を受けた作品は少なくありません。

また、保胤をはじめ、往生伝の著者が主人公として語られている説話も多いので、それらの読者たちは往生伝の世界をかなりかいまみているはずです。

鴨長明はこの往生伝をよく読み、重んじていたようですが、人々の生と死を往生伝のように一律に取り上げず、往生した人についてもできなかった人についても、ともに関心を寄せて『発心集』で多彩に語っています。

生涯編

略年譜

＊年齢（推定）は数え年で表記

1155年（久寿2）	1歳	下鴨社総禰宜《しもがもしゃそうねぎ》・鴨長継《かものながつぐ》の次男として生まれる。〈慈円《じえん》生誕。〉
1156年（保元元）	2歳	〈鳥羽院崩御。保元の乱。〉
1159年（平治元）	5歳	〈平治の乱。〉
1161年（応保元）	7歳	二条天皇中宮高松院《たかまついん》（姝子内親王）の叙爵により従五位下《じゅごいげ》に叙される。
1167年（仁安2）	13歳	〈平清盛太政大臣となり、三か月後に辞任、翌年に出家するが、政治的実権は確保のまま、平家の全盛期が継続。〉
1172年（承安2）	18歳	父長継この年、または翌年春死去。
1175年（安元元）	21歳	高松院菊合《きくあわせ》に和歌を詠進か。
1176年（安元2）	22歳	〈高松院薨去。〉

1177年（安元3）	23歳	〈安元《あんげん》の大火。〉
1180年（治承4）	26歳	〈辻風（竜巻）。以仁王を擁した源頼政の挙兵。福原遷都。源頼朝・木曾義仲挙兵。還都。その他、極めて多事多端な年となる。藤原定家『明月記』の記事はこの年の二月に始まる。〉
1181年（養和元）	27歳	〈翌年にかけて飢饉。平清盛没。〉『鴨長明集』成立。
1182年（寿永元）	28歳	賀茂重保撰『月詣《つきもうで》和歌集《わかしゅう》』に四首入集。
1183年（寿永2）	29歳	〈平家都落ち。後鳥羽天皇践祚《せんそ》、安徳天皇との二帝並立が翌々年まで続く。〉この頃、俊恵《しゅんえ》に入門か。
1184年（元暦元）	30歳	この年以後、妻子と離別、孤独の身となる。
1185年（元暦2 文治元）	31歳	〈平家、壇ノ浦で滅亡。元暦の大地震。〉
1186年（文治2）	32歳	伊勢・熊野への旅に出たのはこの年または四年後とされる。
1188年（文治4）	34歳	藤原俊成撰『千載和歌集』に一首入集。
1190年（建久元）	36歳	〈西行《さいぎょう》、入寂。〉

1191年（建久2）	37歳	〈俊恵、この年までに死去。〉石清水の若宮社歌合に参加。
1192年（建久3）	38歳	〈後白河院崩御。源頼朝、征夷大将軍となる。源実朝生誕。〉
1195年（建久6）	41歳	〈中原《なかはらの》有安《ありやす》、この年以後まもなく死去。〉
1196年（建久7）	42歳	〈九条兼実が関白を罷免され、近衛基通がこれに替わる（建久七年の政変）。〉
1198年（建久9）	44歳	〈後鳥羽天皇譲位して上皇となる。〉
1199年（正治元）	45歳	〈源頼朝没。〉
1200年（正治2）	46歳	正治再度百首の歌人の一人となり、以後、歌壇での活躍が続く。
1201年（建仁元）	47歳	後鳥羽院歌壇が活況を呈し、和歌所《わかどころ》を再興、寄人《よりうど》十四名が任命され、長明もその中に入る。勅撰和歌集撰の院宣が下り、和歌所における長明の奉公の日々が始まる。
1202年（建仁2）	48歳	歌壇での活躍が続く。
1203年（建仁3）	49歳	『新古今和歌集』編纂事業、最終段階に入るが、長明にと

		っては、活躍期の最後の年となる。〈源実朝、征夷大将軍となる。〉
1204年（元久元）	50歳	下鴨社摂社の川合社《ただすのやしろ》禰宜《ねぎ》への就任の望みが絶たれて、失踪。後に大原《おおはら》に遁世。当初は東山に住んだか。
1205年（元久2）	51歳	『新古今和歌集』成立、長明はこれに十首入集。
1207年（承元元）	53歳	〈専修念仏を停止、法然・親鸞は配流。〉
1208年（承元2）	54歳	大原から日野《ひの》に移る。
1211年（建暦元）	57歳	鎌倉に下向し、源実朝と会見。
1212年（建暦2）	58歳	『方丈記』を執筆。その前後に『無名抄』『発心集』を書く。『方丈記』とこれらとの成立期の前後関係については諸説あり。
1216年（健保4）	62歳	六月八日（九、十日とも）に没する。没後三十五日、長明が生前、如蓮上人に制作を依頼していた「月講式《がっこうしき》」ができあがる。

鴨長明の生涯

一　原風景——中原中也を引き合いに出しつつ

鴨長明《かものちょうめい》は久寿二年（一一五五）に生まれたとするのが通説です。その翌年に保元《ほうげん》の乱《らん》が、さらにその三年後に平治《へいじ》の乱《らん》が起こって、平家一門の興隆、引いては武士の実力が世の中を動かしていく時代が始まったことを併せ考えると、朝廷貴族社会の人々にとっての古き良き時代の最後の年に生まれたということになります。

父はやがて下鴨社《しもがもしゃ》の総禰宜《そうねぎ》（神職の最高の地位）として神官の頂点を極める長継《ながつぐ》、この頃は摂社《せっしゃ》（附属する社）の川合社《ただすのやしろ》の禰宜《ねぎ》でした。当時の下鴨社の政治的経済的実力が相当なものであったことから考えると、まだ十七歳という若さにもかかわらず、それを担う流れに乗っている長継はすでにかなり時めいていたと思われます。長明《ちょうめい》が次男であったのに、七歳で従五位下《じゅごいげ》に叙せられたのは、父の立場を背景とする破格な扱いで、二条《にじょう》天皇中宮《ちゅうぐう》の高松院《たかまついん》の恩顧によるものであったことが確認されています。

そのことからすると、長明の人生はとても順調に展開していきそうだったはずですが、運命は長明の十八歳のときに暗転します。父が急死したのです。それに先立って母も早世していたらしく、両親を早くに失った心細い彼は後々まで「みなしご」として生きていかなくてはならなかった人の印象を引きずっていきました（『無名抄《むみょうしょう》』『源家長日記《みなもとのいえながにっき》』など）。

心細い立場に追い込まれた長明の支えになったのは、人間たちよりも、下鴨の神の鎮座するうっそうとした糺《ただす》の森《もり》であり、その森の中を流れる二筋のせせらぎであったと想像されます。森の東西に沿って高野川《たかのがわ》と賀茂川《かもがわ》が流れ、二つが合流してY字のような形を形成、その北側に当たる三角州が糺の森の基盤になっています。今も人々をいこわせ、夏には納涼の場となっていますが、往年はこの数十倍の規模の森だったそうですから、都人《みやこびと》にとって格別意味深い所であったことでしょう。

ちなみに、このような川の合流地は洋の東西を問わず、宗教的な聖地が形成されることが多く、例えば、古代インドでは「サンガ」と呼ばれました。「僧伽《そうぎゃ》」の字を当てて、修行者たち、また、教団を指すのは、このような地に彼らが集い、組織的活動を見せていくことにちなむとされます。下鴨もともとそうした聖地化されやすい地の一つだったと思われます。

長明は境内の水源を等しくする泉川《いずみがわ》と御手洗川《みたらしがわ》、森の外の高野川《たかのがわ》と賀茂川《かもがわ》に目をやりつつ、水の動きから、永遠とか悠久という時間を実感したり、川上と川下をそれぞれ眺めて始原的世界や行く末に思いを馳せて、眼の前に広がるものとは別の遠い世界に心を向けがちな人になっていったのではないでしょうか。『方丈記』の冒頭は、晩年にそれを手短かに総括しようとした一面を持っていると私は考えています。

そこに描かれた風景はどのような川をイメージしているのかということも気になりますが、名前を特定するのは難しいでしょう。ただし、これを記した長明の脳裏に核心的に存在したのは下鴨だと思われます。

そう言えば、言葉編で引用した、中原中也《なかはらちゅうや》の晩年の作「冬の長門峡《ちょうもんきょう》」にも似たようなことが指摘できます（17頁参照）。彼が歌った長門峡の景観は合流地、地元では「丁字出合《ていじであい》」と呼ばれる地点で体験したものとされています。さらに、彼の生誕地の湯田《ゆだ》、通学した中学校の建つ山口も川が出合う所であり、ことに山口は室町時代に大名大内氏の京都へのあこがれによって設計された、いわゆる小京都ですが、全国に多くある類例に比べてもっとも古く由緒正しいものでした。そこを離れて本物の京都に移った中学生中也の思いはどんなものだったでしょうか。

彼はそれに先立つ時期に、故郷で、

大河に投げんとしたるその石を二度みられずとよくみいる心

静かなる河のむこうに男一人一人の我と共に笑みたり

のような歌（「偉大なるもの」と題された四首のうち）を作った人でした。

右の歌に扱われているように、たまたま手にした石を投げてしまえば、二度とその石と再会できません。その当たり前なことを通して「有縁《うえん》」とか「運命」「喪失」「永遠」などということにふと気づいたときの思いを歌わないではいられないのは、十代に入って間もない男の子として平凡ではないでしょう。また、左の歌の、川のほとりにたたずんで、見知らぬ対岸の初対面と思われる誰かと笑みを交わしたことについても同じようなことがいえます。(よく知られていることですが、その後、中也は川に触れる詩を多く作り続けていきます。)

一方、幼少年期の歌が伝わっていない長明には、早世した中也には歌えなかった老後の歌がいくつか伝わっています。その一つ、

右の手もその面影《おもかげ》も変わりぬる我をば知るや御手洗《みたらし》の神

から、幼少時、両親を失って寂しい彼が、川、あるいは川に宿る神に祈り、癒されたときの思いと情景が浮かび上がってきます(68～69頁参照)。石との別れに思いをいたした中也と、聖域の水に久しぶりに再会した興奮によって、それに問いかけないではいられなかった長明には、相重なる感性が感じられるでしょう。

それについて、他にも類例が多い中で、七百五十年も隔たっている二人を私が勝手に結び付けていると思われる方があるかもしれません。しかし、中也には長明の世界との縁が早くからあり、それを仲立ちしたと思われる人物がいました。『方丈記』研

究に大きな足跡を残した冨倉徳次郎《とみくらとくじろう》です。彼は京都大学の学生だった時に非常勤講師として京都の立命館中学で教えていたことがありますが、その頃、そこに転校してきた中也と出会い、ほかならぬ下鴨のあたりで、散歩などをしながら文学や人生について語り合ったようです。そんな中で『方丈記』の話も当然出たことでしょう。中也は後々までそれを忘れなかったはずです。

二　時代の転換期を生きる

父に死なれて間もなく始まった長明の二十代から三十代初頭にかけては、時代の転換期でした。栄華を極めた平家はやがて力を失って都を明け渡し、その後壇ノ浦《だんのうら》の戦いで滅亡、源氏がこれにとって替わります。その経過と並行して大火・竜巻・飢饉・流行病・地震などが続き、『方丈記』に活写されているように、都は惨状を呈しましたが、それをよそに、長明の和歌と音楽への取り組みが始まって、彼は着々と評価を高めていきました。

飢饉のさ中であったはずの養和元年には『鴨長明集《かものちょうめいしゅう》』が成立、長明は和歌の素養を見せ、その一方で、彼の二十代が容易でない精神的危機であったことを伝えてもいます。下鴨社《しもがもしゃ》の神官として父の跡を継ぐ希望を持ちながらも、それを果たせなかったことがその背景にあります。彼は父方の祖母の家を継ぐ立場で、妻子もあったようですが、三十歳前後でそれと離別し、独り暮らしを始めたと『方丈記』の回想記事にあります。以後三十数年、居住地は一定しませんが、独り身であることを彼は終生改めませんでした。

歌人としての彼を導いたのは俊恵《しゅんえ》、平安時代後期の代表的歌人源経信《みなもとのつねのぶ》・俊頼《としより》の子孫に当たる人です。彼は東大寺の僧となりましたが、後に都に移り、北白川《きたしらかわ》の住房を歌林苑《かりんえん》と名付けて開放、歌人たちの交流と活躍の場にしました。ここに集う多彩な先輩歌人たちの風貌と言動、生き方と作品から、長明がどれほど多くを学んだか、晩年の『無名抄《むみょうしょう》』にかなり記されており、その体験の重要さは計り知れないほどです。

音楽については、後に宮廷に置かれた楽所《がくしょ》の預《あずかり》（長官）となる中原有安《なかはらのありやす》の指導を受け、特に琵琶《びわ》と琴《こと》を得意としました。『方丈記』によると、これら楽器も和歌・音楽の本も晩年のすみかである方丈《ほうじょう》の庵《いおり》に持ち込んでいますから、長明の和歌・音楽への熱は生涯変わらぬものだったのは確かです。

歌人としての地位は、寿永元年（一一八二）成立の賀茂重保《かものしげやす》撰『月詣和歌集《つきもうでわかしゅう》』に四首、文治四年（一一八八）成立の藤原俊成《ふじわらのとしなり》撰の『千載和歌集《せんざいわかしゅう》』に一首入集しているので、三十歳前後でまずまずの位置にあったと思われます。

『千載和歌集』に入った彼の歌は「海路《かいろ》を隔《へだ》つる恋」と題された、

　思いあまり打《う》ち寝《ぬ》る宵《よい》のまぼろしも波路《なみじ》を分けて行《ゆ》き通《かよ》いけり

というものです。恋心が募る中で寝た夜は、夢の中で幻となった私は波路を分けて意中の人のいる所にゆき通うことだという歌意で、白楽天《はくらくてん》の「長恨歌《ちょうごんか》」やこれを源泉とする『源氏物語』によりつつ、恋愛情緒を歌っています。「源氏見《げんじみ》ざる歌詠《うたよ》みは遺憾のことなり」（『六百番歌合』判詞）と述べた撰者藤原俊成の意にかなった歌かもしれませんが、長明の特色がどのくらい出ているか、ややわかりにくく、選ばれたのがこれだけであったのも、やや不満が残りそうに思えますが、これによっていわゆる勅《ちょく》撰歌人《せんかじん》の一人となった喜びは大きく、その感動ぶりは、師の有安《ありやす》がいぶかるほどであったと『無名抄』に記されています。

同じ文治年間には、伊勢への旅も経験しており、その副産物として『伊勢記《いせき》』が書かれました。残念ながら、他の書物に引用されたものなどが部分的に残るのみですが、その範囲でも、現地の人々との和歌を介しての交流をある程度は偲べます。この旅は、伊勢から熊野路《くまのじ》を経て帰京したようです。

また、文治五年頃、賀茂別雷社《かものわけいかずちしゃ》の歌合《うたあわせ》で、社《やしろ》に伝わる賀茂川の古名《こめい》「瀬見《せみ》の小《お》川《がわ》」を詠みこんだ歌を提出して話題となったこともあり、長明の存在感にはそれなりのものがあったようです。

この歌によって知られた「瀬見の小川」はこれを詠みこむ歌人が増え、歌そのものも、後に『新古今和歌集』に選ばれますが、不思議なことに、その後の十数年、彼がどのような立場で生きたかを伝える資料はほとんど残っていません。建久二年（一一九一）、石清水《いわしみず》の若宮社歌合《わかみやしゃうたあわせ》に参加したことが知られる程度です。師事した俊恵《しゅんえ》も中原《なかはらの》有安《ありやす》も、長明が四十歳を迎えるのに前後して没し、初老を迎えた長明は孤立無援に近い状態だったかもしれません。

三　「新古今歌壇」での活躍――喜びと不安と

そのままで終われば、長明の後半生の大部分は伝わらず、いくつかの歌集に作品を残しただけの、当時いたおびただしい歌人の一人という以上の扱いを受けなかったことでしょうが、その後、突然、名を挙げる機会が彼に与えられました。結果的には、それを失い、再び失意の身となるのですが、その一連の展開によって『方丈記』などの作者として歴史に名を刻むことになりました。

その環境を作ったのは後鳥羽院《ごとばいん》です。院は平家の時代が暗転に向かうきっかとなった治承四年（一一八〇）の福原遷都《ふくはらせんと》の頃に誕生、平家が六歳の安徳帝《あんとくてい》を擁して都落ちをしたために、都の側で別の天皇を立てる必要が生じ、異例な経緯で即位しました。在位約十四年半、祖父後白河院《ごしらかわいん》の元で、やや影が薄い存在でした。

建久三年（一一九二）後白河院が崩御《ほうぎょ》、その後もしばらくは大して変化がありませんでしたが、徐々に存在感と和歌・遊芸・蹴鞠《けまり》などへの意欲を見せ始めます。そして建久九年に十八歳で退位、上皇となってから、目覚ましく変貌しました。政治・軍事をはじめ、文化各領域に関心を持ち、みずからもそれらに参加、実践して情熱的に振る舞いました。

特に力を注いだのが和歌です。歌壇の保護・育成はもとより、歌人・批評家としての活躍もきわだっており、院をめぐって歌人たちの活気ある世界が形成されていきましたが、その中で、不遇な立場にあった有能な人々が院主導の活動によって見出され、呼び出されます。院には人材の発掘、登用への強い志向があったかと思われます。登用された人々は、すでに歌壇で重きをなしていた専門歌人たちや、上流貴族たちに伍して活躍していきましたが、長明はその代表株の一人です。

源家長《みなもとのいえなが》は、後鳥羽院の秘書官のような役割を担う蔵人《くろうど》として才能を発揮しつつ和歌的才能を認められ、歌人としてだけでなく、再興された和歌所《わかどころ》の事務責任者に任命されて、『新古今和歌集』編纂事業の運営に当たりました。彼は早く父親を失って逆境にありながら、実力で名を挙げていった人です。また、鎌倉で蹴鞠の名手として評判の高かった飛鳥井雅経《あすかいまさつね》は都に召喚されてから、歌の才能を評価されて歌人としても名を上げ、遂に撰者の一人となるに至ります。

二人と長明との間には、それぞれ抜擢された者同士としてのよしみもあったためか、世代の差を超えた一種の友情が芽生えたようです。家長はその回想録『源家長日記《みなもとのいえながにっき》』で『新古今和歌集』成立に至る歴史を語る中で、もっとも詳しく長明の出家に至る動向を記し、雅経は後に記すように、出家後の長明を鎌倉に連れ出していますし、『新古今和歌集』の撰者として長明の歌に対して好意的な扱いをしているようです。

長明が後鳥羽院の歌壇に登場したことが確かめられるのは、正治二年（一二〇〇）、院の求めに応じて歌人たちが百首の歌を提出した時です。当初その対象となったのは二十三人でしたが、後に十一人がこれに加わりました。正治百首《しょうじひゃくしゅ》、同再度百首《さいどひゃくしゅ》と呼ばれるこの試みの後者に、長明は作者となって所期の成果を示しました。この人選をめぐっては、藤原俊成《ふじわらのとしなり》ら御子左家《みこひだりけ》と藤原季経《ふじわらのすえつね》ら六条家《ろくじょうけ》の間に対立・競合などがあって、歌壇は波瀾含みでしたが、長明はその中で活躍のきっかけをつかみとったのです。

それからの満三年余にわたる彼の歌会、歌合などでの成果は、かなりの数が確認できますし、その背景となる歌壇史や個々の歌人の伝記と作品等についても、近年のめざましい研究の進展によって詳細が知られてきました。長明の伝記の中で、極言すれば、この時期だけが第三者の証言を交えて資料が多く、その点で突出しています。

ここではそのさまを辿る余裕がないので、特に重要な建仁二年頃に注目しておきます。建仁二年は史上空前の規模の千五百番歌合が六月に成立、長明はその作者には選ばれませんでしたが、七月に院の御所に置かれた和歌所《わかどころ》の寄人《よりうど》（職員）に選任されました。

ただし、上流貴族や実績の豊かな専門歌人がほとんどを占める第一次の指名メンバーには入らず、以後に地下人《じげびと》（身分が低く、御所に昇殿を許されていない人）から追認された三人の一人としてです。他の二人は、藤原隆信《ふじわらのたかのぶ》と藤原秀能《ふじわらのひでよし》です。前者は藤原《ふじわらの》定家《さだいえ》と同母異父兄弟の関係にある歌人で、画家ないし、色好みとしても知られた人です。後者は北面《ほくめん》の武士《ぶし》という身分でしたが『新古今和歌集』に新しい歌風を示した佳作を選ばれて異彩を放っていく若者です。老若好一対の二人と並ぶ長明はもちろん老人の側にあり、自分より二十五歳年少の後鳥羽院主導の歌壇で活躍を続けます。

八月十五夜に和歌所で行われた歌合では、四首提出、藤原定家の歌と番《つが》えられて、彼の父俊成の判により、四勝をおさめました。

この年の暮れ、五人の歌人に撰集の院宣《いんぜん》が下り、『新古今和歌集』成立に向けていよいよ流れが促進されますが、翌年三月、院から、代表的歌人たちに突然「六首の歌に、皆姿を詠み変えて奉《たてまつ》れ」との命令が下りました。「春・夏は太く大きに、秋・冬は細くからび、恋・旅は艶《えん》にやさしく、仕《つこ》うまつれ」という条件で、その結果によって歌人としての能力を見たいというものでした。自信がなければ辞退も可とのことだったため、そうした人もおり、もともとこれの人選に当たって院はごく一部にしぼっていたので提出したのは六人のみであったと、長明は『無名抄《むみょうしょう》』に記しています。

九条良経《くじょうよしつね》・慈円《じえん》・藤原定家・藤原家隆《ふじわらのいえたか》・寂蓮《じゃくれん》、そして自分と、長明は列挙して「わずかに六人」と明記しています。これは、人数の少なさを示すと同時に、「六」に意味を持たせているのでしょう。詩の六義《りくぎ》にちなんで和歌では六を特別視するならわしがあり、歌人の数え方で六歌仙《ろっかせん》とか、三十六歌仙などの言いならわしがあります。

長明はそれを念頭に置いているのですが、他の五人がいずれも『新古今和歌集』のもっとも代表的歌人として自他ともに許す存在であることからすれば、それらと肩を並べたこの時は、歌人長明にとって得意の絶頂期だったと思います。しかし、彼はそれに喜びを感じる半面で、恐れと不安を感じてもいたようです。

というのは、『無名抄』の、これに関する記事でその一端を告白しているからです。それによると、「中ごろの人々」が多数集まる会で過ごした過去と、院の御所での体験を比較すると、昔は自他の差が程度の問題であったのに対して、今の歌人たちの歌《うた》いぶりは、思いも寄らぬものが多く、しかも、それが特定少数について感じたのではなく、誰も彼もがそのように詠むので、とした後で、

この道は、はやはや、期《ご》もなく、際《きわ》もなきことになりにけりと、恐ろしくこそ覚《おぼ》え侍《はべ》りしか。

（和歌の道はもはや極限的な所まで来てしまっていたのだと、恐ろしく思ったものです。）

と書いています。底知れない恐ろしさに老いた身をさらさなくてはならない不安は、折々の達成感を超えて、長明を苦しめていたのです。彼と親しい家長《いえなが》、雅経《まさつね》は若く、

長明の不安を共有できなかったかもしれません。彼の失踪に至るそもそもの動機に、これが働いていたと思います。

四　挫折と遁世――後鳥羽院の厚遇を拒んで

和歌所における長明の精勤ぶりは源家長の回想に「朝夕《あさゆう》、奉公怠《ほうこうおこた》らず」とあり、大変なものであったようです。彼にとって「奉公」という経験はこれが最初ではなかったでしょうが、かなりしばらくぶりではあったでしょう。しかも、和歌という得意な分野での仕事であり、それに専念するための支障となることは、これといってなかったのではないかと思います。彼は和歌に劣らず音楽方面のことについても心ひかれていましたが、後鳥羽院御所《ごとばいんごしょ》での活躍にとってそれはむしろ必要不可欠に近かったはずです。

こうした長明に対して後鳥羽院は何かの恩賞を施して慰労しようと考えていたところ、下鴨の川合社《ただすのやしろ》の禰宜《ねぎ》（神職）に欠員が生じ、誰かをこれに当てる必要が生じました。長明生誕時に彼の父長継がこの地位になったこと、これに任じられた者がいずれ下鴨社《しもがもしゃ》の総禰宜《そうねぎ》（神職の最高の地位）になっていく慣例であること、父がそのコースを辿り、それを引き継ぐことが長明の宿願であることなどを承知していた院は、この機会にそれを彼に果たさせてやりたいと内意を漏らしていました。

それを聞いた総禰宜の祐兼《すけかね》がわが子祐頼《すけより》を対立候補に立てて異議を申し立てます。その根拠として、長明は位階が劣り、年長ではあるが、社への貢献も劣る。祐頼は総禰宜である自分の子であり、社の人事でその立場の物が優位にあるのはどこでも同じであるということを挙げました。公平に見て、この主張は正論というべきでしょう。

長明が拠り所とするのは和歌所《わかどころ》での実績だけです。祐頼にはそれに対抗できるものがありませんが、朝廷と縁の深い下鴨社の責任者であった祐兼は、院に数々の貢献を行っており、院は彼の意見を無下に退けることができませんでした。それで祐兼の意見を容れ、別の小社を官社に昇格させて禰宜職《ねぎしょく》を置き、長明をその初代とする代案を作りました。破格の厚遇として恐縮すべき立場の長明は自分の希望にそわないとしてこれを拒否、失踪してしまいました。

この一部始終を身近な位置で見ていた源家長《みなもとのいえなが》はその日記に「うつし心《ごころ》ならずさえ、おぼえ侍《はべ》りし」（気が狂ったのではないか、とまで思ったものです）と書いています。彼が思っているように、後鳥羽院のこの時の代案を拒否するのはあまりにも非礼かつ非常識で、下鴨社に対しても同様でしょう。院にも、神にも背いた人にされかねない立場の長明は、それまで生きた環境を離脱してしまいました。当時の制度では、しかるべき家の者は、家の伝統を受け継がなくてはなりませんが、長明はそれをないがしろにして失踪したのですから、家長の「うつし心ならず」という感想は当時の常識に照らしてまことに正当なものといわなくてはなりません。

にもかかわらず家長も後鳥羽院も長明を見捨てず、それを長明のほうも承知していたらしく、かなり経ってからではありますが、彼から十五首の歌が届きます。近況報告のためと思われますが、それほどまとまった数の歌を相手が読んでくれると思い、事実その期待がかなった長明と、院を含む旧知の人々との関係にはかなり特別なものがありそうな気配です。家長が日記に引用したのは、

住みわびぬげにや深山《みやま》の槇《まき》の葉《は》に曇《くも》ると言いし月を見るべき

というものでした。これは、歌壇で活躍していた頃に歌合せで定家の歌に勝ち、評判になった、

夜もすがらひとり深山《みやま》の槇《まき》の葉《は》に曇るも澄《す》める有明《ありあけ》の月

をふまえたもので、前の歌を作ったときには想像上の風景でしかなかったものを、ひとりで山中に暮らすことになった自分は、間もなく現実に眺めることになりそうだと詠んでいます。その皮肉な運命を自分が意識するのは自然なことでしょうが、他者にそれを期待した歌を作り、そして、届けるというのは、通常あまり考えられないことで、しかも、この時の失踪の経緯を思えば、なおさらです。

家長はこの歌に込められた思いを理解し、「あわれに、世の人申し合えり」と書いていますから、同情する人が他にもいたのです。不器用ながら懸命に生きる長明の姿には、人の心に訴え、共感を誘う不思議な力があったのでしょう。

もっとも、家長はいったん同情する文を書いてから、「されど」と言葉を継ぎ、「さほどのこわごわしき心なれば、よろず、打ち消すここちしてぞ、おぼえ侍《はべ》りし」と述べています。同情したいが、長明のあまりの強情さを思うと、彼への好意的気分が一

挙に冷えてしまうという趣旨ですが、この後で再び同情的文章を書いていくのを読むと、家長の長明評はなかなか定まるところがありません。有能な事務官僚で鳴らした彼をこのようにさせているあたりに、長明の独特な人柄がうかがえるのです。

五　ひとり庵で暮らす――大原から日野へ

『方丈記』の中で長明は、みずからの出家遁世《しゅっけとんせい》について、「五十《いそじ》の春を迎えて、家を出《い》で、世を背《そむ》けり」とし、また、「むなしく大原山《おおはらやま》の雲に臥《ふ》して、また五《いつ》かえりの春秋《しゅんじゅう》をなん経にける（五年の歳月を過ごした）」と書いています。歌壇における彼の活躍が確認できなくなるのが、元久元年（一二〇四）であり、この年の彼の推定年齢が五十ですから、和歌所を失踪したのはこの年と思われますが、その直後にどこに赴いたのかははっきりしません。『源家長日記』の記事には失踪後のことに触れた後で、「その後《のち》、出家し、大原《おおはら》に行《おこな》いすまし侍《はべ》ると聞こえしぞ」とありますから、都からどこかに移り、それから大原に移って出家したのです。彼の出家を語る『十訓抄《じっきんしょう》』巻

九・七に、まず赴いた地に遁世者として住んでいた先輩に対して、

いずくより人は入《い》りけん真葛原《まくずはら》秋風吹きし道よりぞ来《こ》し

と歌を贈っていますので、東山《ひがしやま》の一角かと思われます（73頁参照）。そこにしばらく身を置いて、彼は大原に移りました。その動機はいくつもあったことでしょうが、何よりも大きかったのは、この大原をめぐる精神伝統と、それを形成した人々の事績を引き継ごうとしたことでしょう。大原は比叡山《ひえいざん》の西麓にあり、寺院や草庵が多く修行や瞑想・内省に適しています。仏教音楽の声明《しょうみょう》の本山来迎院《らいごういん》もあり、音楽家でもある長明にとって特別の意味を持っていましたし、周囲の山から流れ落ちる水がせせらぎとなり、どこにいてもその音が聞こえそうな土地です。

朝夕の霧・霞、里を吹き抜けていく風なども含めて長明のすみかとして絶好の環境だったことでしょう。特に彼にとっては、下鴨《しもがも》を流れる高野川《たかのがわ》の源流地としてかねてからあこがれの山里だったはずです。

しかし、長明は四年後にここを去ります。しかも、それに触れて先ほど引用した文章に「空《むな》しく大原山《おおはらやま》の雲に臥《ふ》して」と意味ありげに書いているのがいぶかしく、大原

では失望を味わった気配が濃厚です。期待があまりに大き過ぎたのか、冬の寒さなど、居住性に違和感があったのか、対人関係に何か問題があったのか、いろいろな憶測が可能です。

比叡山で天台座主《てんだいざす》を三度務めて宗教界の最高峰にあった慈円《じえん》は長明と同世代ですが、宗教界の最高峰にあり、政治的にも重い任務をこなし、『新古今和歌集』に九十二首選ばれた作者として、当代最高の歌人でした。しかし、本音の部分では隠遁への志があり、大原の西南、峠道に近い江文寺《えぶみじ》に入って修行したいと兄の九条兼実《くじょうかねざね》に申し出たことがあります。その彼が、

この頃はもと住む人や厭《いと》うらん都《みやこ》に帰る大原《おおはら》の里《さと》（『拾玉集《しゅうぎょくしゅう》』）

と歌っているのは暗示的で、動乱期の大原はかつてのような静かなたたずまいが失われていたようです。慈円の歌に詠まれた「都に帰る」多くの（「大原」の「おお」は「多」を掛けたもの）人々と違って、長明は都の東南、日野《ひの》に移りました。藤原氏のうち、ここに山荘を営んでいたことにちなんで日野氏《ひのし》と呼ばれた一族の長親《ながちか》の世話による移住と考えられています。

彼は従五位下民部大輔《じゅごいげみんぶのたいふ》、九条家《くじょうけ》の家司《けいし》（職員）を務めていましたが、文治四年（一一八八）に二十代で出家、その後、法然《ほうねん》の門下に入り、如蓮上人《にょれんしょうにん》（禅寂《ぜんじゃく》）の名で大原に住みました。長明との関係は在俗時代に遡れるかもしれません。彼は「むなしく」大原《おおはら》で過ごしている長明を見るに見かねて、自分に縁のある所に移住させたのでしょう。

日野《ひの》は都から約七キロ隔たっており、都の喧騒から逃れられる遠隔地にありますが、必要があって都に行く場合は日帰り可能な距離です。その一角に日野氏の山荘があり、その敷地には法界寺《ほうかいじ》が建立され、その阿弥陀堂《あみだどう》は平安時代の浄土教建築の遺構として今も残っています。その後背地に当たる山間部に長明が住んだとされる地があります。大きな岩石の上のささやかな平面で、周辺の風景を含めて、確証はありませんが、まさしく『方丈記』に描かれたその地であろうと思いたくなる所です。

今よりもかなり規模が大きかったらしい往年の法界寺の一部と位置づけられそうな地なので、十分に静かではありますが不安にさいなまれることもなく、いわば、過不足ない寂しさを満喫できる所だったことでしょう。結果的に長明はここを終《つい》のすみかとしました。

『方丈記』の中に、「すみかは、すなわち方丈《ほうじょう》」と、ことさらに書いてあるのは、「方丈」という語が一丈四方を指す語のはずなのに、その原義を離れて使うようになっていたことへのこだわりが示されているかもしれません。几帳面な長明はその庵の内と外のさまを具体的に記しています。その内容にもとづいた平面図が誰にでも直ちに描けそうな文章です。

阿弥陀《あみだ》と普賢《ふげん》の絵像を掛け、『法華経《ほけきょう》』の巻物を机上に置き、仏道修行への姿勢を見せながら、琵琶《びわ》と琴《こと》も立て並べ、三個の皮籠《かわご》に歌書《かしょ》と音楽論と仏書《ぶっしょ》とを分けて入れたなどと、晩年の長明が拠り所としたものを身辺から離していないことを明記しています。そして、四季折々、また、朝夕の過ごし方についても明かして、文章には弾みが付いています。その主要な部分については、すでに言葉編で触れてあります（22、26、134頁参照）。

苦難に満ちた過去を振り返ってそれと対比するまでもなく、日野の草庵に入って以後の長明の充実と安らぎは、並大抵のものではありません。すでに六十近くになっていた彼が、それに似つかわしくない瑞々しい文章で自己の晩年を書いているのは、古来、悲しみや不安、怒りや恨みを書くのに長けていた日本人の表現の歴史の中で、とても珍しいことです。

六　東国下向、そして実朝と会見

『方丈記』の記事によると、日常的に遠近の山歩きなどを楽しんでいた彼の健脚はなかなかのものだったようです。彼はそれを活用して晩年に東国に下向《げこう》しました。後で触れる『吾妻鏡《あずまかがみ》』の記事を信じるなら、建暦元年（一二一一）秋のことです。連れ出したのは、『新古今和歌集』撰者の一人、飛鳥井雅経《あすかいまさつね》、目的地は、蹴鞠《けまり》の名手としての雅経の活躍の舞台であった鎌倉です。東海道を下る途中で二人が交わした連歌が室町時代の『菟玖波集《つくばしゅう》』巻十七に二首掲載されています。その前者は

参議《さんぎ》雅経《まさつね》と伴いて、東《あずま》へまかりけるに、宇津山《うつのやま》を越え侍《はべ》るとて、楓《かえで》を折りて

昔にもかえでぞ見ゆる宇津の山　　鴨　長明

これに蔦《つた》の紅葉《もみじ》を打ち添えて
いかで都《みやこ》の人《ひと》に伝《つた》えん　　参議雅経

というものです。「かえで」は「楓」に「変えで（変わることなく）」を言いかけたものです。これをそのまま受け止めると、長明は昔、宇津の山を同じ季節に越えたことがあると推定できます。その傍証が得られないので、古歌に詠みこまれた風景をみずからの体験のようによそおってこう歌ったのかと思ったこともありますが、やはり素直に再訪の喜びと受け取っておきたいと思います。

とすれば、これは西行《さいぎょう》の、
年《とし》たけてまた越《こ》ゆべしと思いきや命《いのち》なりけり小夜《さよ》の中山《なかやま》（『新古今和歌集』）
を意識したものでしょう。小夜の中山と宇津の山は互いに至近距離にある駿河の歌枕です。雅経の返事にある「都の人」は、『伊勢物語《いせものがたり》』の東下りの段に、この山で旧知の人と遭遇して都への便りを託したとあるので、それにちなんで、手折った蔦《つた》（楓）の枝を誰かに依頼したいと言ったのです。

このあたりからうかがえる長明は、古典的文学伝統の中に生き、歌人たちとの交流をなお生き生きと続けている趣です。老いた西行が二度目の東国下向《とうごくげこう》で源頼朝《みなもとのよりとも》に会って和歌談義をした二十五年前の出来事と、自分とを重ねて興奮している面もあるでしょう。彼はやがて鎌倉で頼朝の子、実朝《さねとも》と会っており、旅の主目的はそれにあったと考えられるからです。

長明が鎌倉に来たことは、『吾妻鏡《あずまかがみ》』建暦元年十月十三日の条に記されています。それによると、彼は雅経《まさつね》の推挙によって鎌倉に来て、将軍実朝と度々会見し、初代将軍の頼朝の命日に当たる十月十三日に法華堂で行われた法事に参列、懐旧の涙を催して堂の柱に一首の和歌を書いています。（44〜45頁参照）

これをひそかに詠んだのではなく、堂の柱に書きつけたというのは、彼が格別の待遇を受けていた現れでしょうが、資料が他になく、詳細はわかりません。実朝の和歌への志向とか才能・実績などに非凡なものがあったので、彼に和歌の指導をするために招かれたのであろうと考えられますが、その役割は藤原定家が遠隔地からの指導で果たしていることが明らかになっており、すでにそれが教育効果の点で並々ならぬものであったことは実朝の歌が証明しています。一方の長明は、定家の成し得なかった面会を重ねたものの、極めて短期滞在に留まっているので、その裏付けをとるのは困難です。長明の執着した先述の「瀬見《せみ》の小川」を詠みこみつつ、『方丈記』を思い出させる、

君が代も我がよも尽《つ》きじ石川《いしかわ》や瀬見《せみ》の小川の絶えじと思えば

など、長明の影響を思わせる実朝の歌はいくつも見つかりますが、定家への遠慮もはたらいていたのか、実朝は歌人長明との関係に触れる文章を残しておらず、長明本人も、二人を結んだ雅経も同様です。せめて、頼朝の命日の長明の歌に対する実朝の唱和でも残っていればと思います。むしろ、この時期の実朝の心が向かっていたのは和歌よりも災害ではなかったか、であれば、長明との共通の話題はその方面ではなかったかなどの憶測もできます。

『金槐和歌集《きんかいわかしゅう》』に「建暦元年七月」の日付が詞書《ことばがき》に見える、洪水への危機感を歌った、

時により過ぐれば民の嘆きなり八大竜王《はちだいりゅうおう》雨《あめ》やめたまえ

という歌が残っているからです。現実の自然災害に際してのものかどうか、資料では

確認ができませんが、何らかのきっかけで彼は為政者としての使命感を伴う不安に取りつかれていたようです。

同行者雅経がこの年の九月にはまだ京都にいたことが資料でわかるため、この時期には長明は鎌倉に着いていませんが、後日、彼と会った実朝は災害とそれへの対応について、長明と語り合って、経験にもとづく彼の意見に耳を傾けたのではないでしょうか。そのために和歌談義に耽る余裕などなかったのかもしれません。

『吾妻鏡』の日付を信じれば、という条件つきですが、十月十三日に鎌倉法華堂《かまくらほっけどう》にいた長明は、間もなく帰途につき、再び日野《ひの》の庵《いおり》の主人に戻ります。

そして、翌年三月末の『方丈記』成立という運びになるので、長明を論じる誰もが、この半年の流れに筋道を付けようと考えたくなるところです。新時代を拓きつつあるはずの鎌倉で時代の行きづまりを見、世の無常を感じて筆を取ったのであろうとか、和歌師範への希望を打ち砕かれたために、ひとりわがすみかで瞑想・執筆に向かうほかなくなったのであろうなど、いろいろな言い方ができるでしょう。

私としては、実朝と語り合って、長明はあらためて往年の災害体験の数々を思い起こし、それが『方丈記』執筆の、最大の動機になったと考えています。災害に見舞われる機会が多い日本の歴史で、それを取り上げた古典文学としては、散文では『方丈記』、韻文では『金槐和歌集』が追随を許さない存在になっているのは、二つが成立事情で密接に結びついていたためでしょう。

実朝は、長明と会った翌年、後鳥羽院《ごとばいん》から御書《ごしょ》を受けて感激し、院への忠誠心を表明する歌を三首詠み、その中に、

山は裂け海はあせなん世なりとも君にふた心《ごころ》我があらめやも

と、土石流や津波などを引き合いにして、それが発生する終末的状況に立ち至っても、院への忠誠心は変わらないと誓っています。上の句の仮定は空想的誇張に見えて、実は、長明の経験談から触発された現実味のあるものだったと思います。

一方の長明は、鎌倉で災害について実朝と語り合い、それを機に往年の災害を書き残したい衝動を抱えて帰り、『方丈記』執筆に向かったのではないでしょうか。

七　『方丈記』の成立とその後

『方丈記』の成立は建暦二年（一二一二）三月末です。これは大福光寺《だいふくこうじ》に伝わってきた本の末尾に書かれていることで、多種伝わる『方丈記』のうち、最古の写本で、長明の自筆かとさえいわれたものです。そこまでは断定できないにしても、現存するテキストとしてもっとも尊重すべきものであることには疑問の余地がありません。成立時についても信頼されるのですが、これに前後する長明の晩年の作には歌論『無名抄《むみょうしょう》』と、仏教説話集『発心集《ほっしんしゅう》』もあります。これらがいつ書かれたかはわかりませんので、便宜的に順次内容について説明しておきます。

まず『方丈記』、これは、川の流れに事寄せて世の無常を説くところから始まります。次いで、自己の体験した五つの災害を回想、都で生きることのむなしさと危険に触れ、個人的な挫折も重なって自分が遁世《とんせい》して山里の草庵に住んで得た安らぎを描いていきます。そして、最後に突然、今の自分の世界に満足し、それを読者に誇示するみずからの行為を批判、自問するものの、答え得ないまま念仏にすがるところで作品は閉じられます。冒頭の格調の高さと明快さ、災害記事の迫真力、描かれる草庵生活の独自の魅力、劇的な結末など、約一万字の短さにもかかわらず印象は強烈で、中世隠者文学《いんじゃぶんがく》の傑作として古来よく読み継がれてきました。そうした享受史は長明の死後まもなく始まっていたようです。

これを書いて執筆への情熱が呼びさまされて他の作品に向かったのか、逆に、他の作品が先なのか、なかなか決められませんが、『方丈記』の結末との説明ができなくもない『発心集』が最後で、この二書とのつながりがやや乏しい『無名抄』が最初で、これを書きつつ改めて歌人としての自分に向き合った長明が、歌語や和歌的表現を散りばめ、歌枕に留意した環境描写を展開する独特の和漢混交文《わかんこんごうぶん》を書いたのであろうと私は考えています。

『無名抄』は、約八十段からなり、回想や言い伝えを交えた歌論です。歌林苑《かりんえん》と新古今歌壇という時期を隔てた二つの場で歌人として精進する中で得た経験と知見が鮮やかに写し取られており、中古から中世への過渡期の和歌を知る貴重な手がかりになっています。『方丈記』からは見えにくい長明自身の人生も、これによって喜怒哀楽を行間に見せて、実感的に辿ることができるのです。

『発心集《ほっしんしゅう》』は具体的な例を挙げて発心往生《ほっしんおうじょう》への道を説き示す本のように見えますが、無知で無自覚な人々を啓蒙・教化するためのものではなく、自分なりの遁世生活をより充足させるための試みとして書かれました。長明はそれについて「我が一念の発心《ほっしん》を楽しむばかりなり」と序文で書いています。「楽しむ」は満ち足りて安らかな状態にある、ということをさします。自分なりの心のおこし方で身を整え、静かに臨終、往生に向かっていこうとする立場で書いたもので、その規範的存在として仰がれる人々、それとは対照的な、いわば反面教師となる迷い多く愚かな人々、その他さまざまな群像が登場します。全八巻約百話、『方丈記』の約十四倍の分量です。

方丈の庵の中でなぜこうした著述が可能であったのか、『方丈記』の中からヒントを見つけるとすれば、

西南に竹の吊《つ》り棚《だな》を構《かま》えて、黒き皮籠《かわご》三合《さんごう》を置けり。すなわち、和歌・管弦《かんげん》・往生要集《おうじょうようしゅう》ごときの抄物《しょうもつ》を入れたり。

などが注目されます。ここの「抄物」は抜き書きを指します。和歌に関する物は『無名抄』の資料になったことでしょう。『往生要集』は源信の書いた日本浄土教の聖典です。大部なものなので、長明が身辺に置いたのはそのごく一部を書きとめたものでしょう。それ以外の書物からの抜き書きも併せて収容されて執筆の資料としたはずです。「管弦」と長明の執筆との関係はよくわかりませんが、作者不明の当時の音楽論を長明の著と考える説もあり、これに従うなら、三つの皮籠と著述が対応することになります。

八　月への思い――死とその余波

『方丈記』に描かれている晩年の長明は、徒歩でかなりの行動半径をこなしているようでしたし、瑞々しい文体も彼の健在のあかしになりますが、終焉はそれほど先のことではありませんでした。同時代人の享年として藤原俊成《ふじわらのとしなり》の九十一、その子定家《さだいえ》の八十四などに比べるとかなり早すぎる死というべきでしょう。彼は『方丈記』成立の四年後に六十二歳で没しました。

その手掛かりになるのが、先に触れた日野氏《ひのし》出身の如蓮上人禅寂《にょれんしょうにんぜんじゃく》（191〜192頁参照）の文章です。長明は彼に対して「月講式《がっこうしき》」なるものの制作を依頼しました。長明は若い頃の歌集を、

朝夕《あさゆう》に西《にし》を背《そむ》かじと思えども月待《つき》つほどはえこそ向《む》かわね

という歌でしめくくったほどの、月に心ひかれる人でした。西方極楽浄土《さいほうごくらくじょうど》を思ってでしょうか、長明はたえずその方向を向いていたいと願っていたのですが、月の出る東の山の端を意識すると、東西二方向に意識が引き裂かれてどうしようもありません。その悩みを歌った長明はまだ若き俗人であり、極楽を願う立場にはなかったはずですが、後年の彼の思いの原型になるようなものを内部に抱え込んで西を絶対視していたのでしょう。また、月は花とともに、究極の自然美であり、仏教では真理の象徴として特別に重んじられます。

月の出に際して長明は、東と西に心を向けながら選択がままならぬことに悩んでいたのですが、それから、三十年以上が経って、再び、「西」と「月」に向き合ってい

ました。臨終がそれほど先のことではないと思ったためもあるでしょう。若い時の彼は、月への思いを歌に託しましたが、今回は信頼の置ける他者に月天子《がってんし》（月を超越者に見立てた称号）を讃嘆する文章の制作を依頼、その完成を待って、しかるべき日に仏事を営もうとしました。類例のない、いかにも彼らしい企画です。

依頼された禅寂《ぜんじゃく》は願主が並々でない人であるのを意識してでしょうが、慎重な姿勢で臨み、制作を先送りしているうちに長明が死んでしまったのです。禅寂は、

自然懈怠《じねんけだい》の間《あいだ》、空《むな》しく、もって入滅《にゅうめつ》す。後悔肝《こうかいきも》を屠《ほふ》り、無益《むやく》に臍《ほぞ》を噛《か》む。

（何となく私がそれをしないでいる間に、彼は亡くなってしまった。後悔の念にさいなまれて、私はむなしく落ち込んでいる。）

と書いています。長明没後三十五日のことです。この文章の日付から逆算して長明の死んだ日が、建保四年（一二一六）閏《うるう》六月八日とされます（日付けについては異説もあり）。推定年齢によると享年は六十二という計算になります。禅寂の驚き方からすると、緩慢な病状進行によるのではなく、不意の死だった気配ですが、これに触れる資料は他にありません。

参考・引用文献

簗瀬一雄『方丈記』（角川文庫）角川書店、一九六七年
細野哲雄『方丈記』（日本古典全書）朝日新聞社、一九七〇年
三木紀人『方丈記・発心集』（日本古典集成）新潮社、一九七六年
三木紀人『方丈記』（全対訳日本古典新書）三省堂書店、一九七七年
安良岡康作『方丈記』（講談社学術文庫）講談社、一九八〇年
堀田善衛『方丈記私記』（ちくま文庫）筑摩書房、一九八八年
佐竹昭広・久保田淳『方丈記・徒然草』（新日本古典文学大系）岩波書店、一九八九年
市古貞次『新訂方丈記』（岩波文庫）岩波書店、一九八九年
稲田利徳『方丈記』（新潮日本古典アルバム）新潮社、一九九〇年
三木紀人『鴨長明』（講談社学術文庫）講談社、一九九五年
大曾根章介・久保田淳『鴨長明全集』貴重本刊行会、二〇〇〇年
大隅和雄『方丈記に人と栖の無常を読む』吉川弘文館、二〇〇四年
武田友宏『方丈記』（角川ソフィア文庫）角川書店、二〇〇七年
浅見和彦『方丈記』（ちくま文庫）筑摩書房、二〇一一年
馬場あき子他『馬場あき子と讀む鴨長明無名抄』短歌研究社、二〇一一年
玄侑宗久『無常という力　「方丈記」に学ぶ心の在り方』新潮社、二〇一一年
小林保治『超訳方丈記を読む』新人物往来社、二〇一二年
「特集＝方丈記八〇〇年」（『文学』二〇一二年、三・四月号）岩波書店

三木紀人（みき・すみと）

1935年、東京生まれ。東京大学卒業、東京大学大学院人文科学研究科博士課程単位取得満期退学。お茶の水女子大学教授などを経て、現在、城西国際大学客員教授、お茶の水女子大学名誉教授。専門は日本中世文学。

主な著書に、『方丈記・発心集』（日本古典集成）新潮社、『徒然草（全訳註）』全４巻（講談社学術文庫）、『鴨長明』（講談社学術文庫）などがある。

日本人のこころの言葉

鴨長明

2012年10月10日　第１版第１刷発行

著　者　三　木　紀　人

発行者　矢　部　敬　一

発行所　株式会社　創　元　社

〒541-0047　大阪市中央区淡路町4-3-6

TEL　06-6231-9010（代）

FAX　06-6233-3111

URL　http://www.sogensha.co.jp

東京支店　〒162-0825　東京都新宿区神楽坂4-3　煉瓦塔ビル

TEL　03-3269-1051

印刷所　藤原印刷株式会社

ISBN978-4-422-80059-2　C0381